U0165771

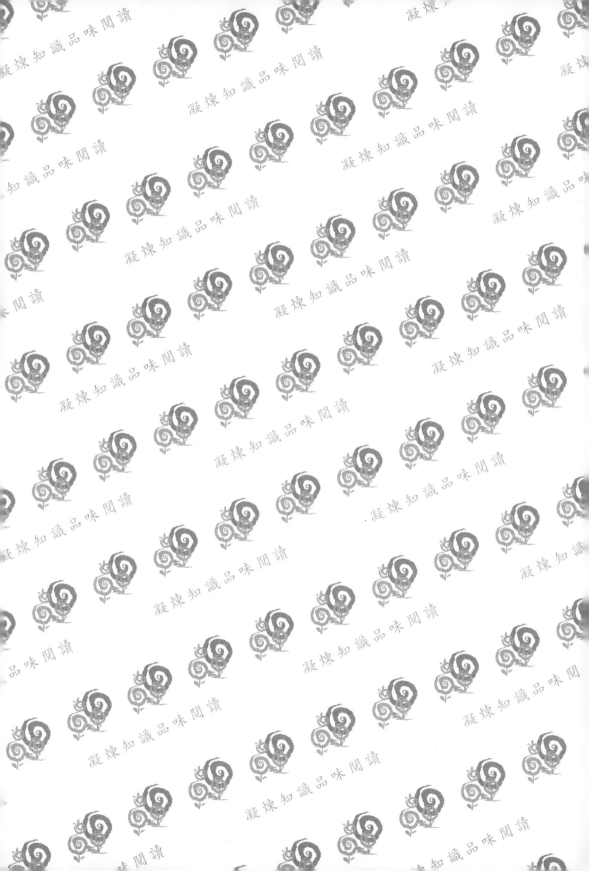

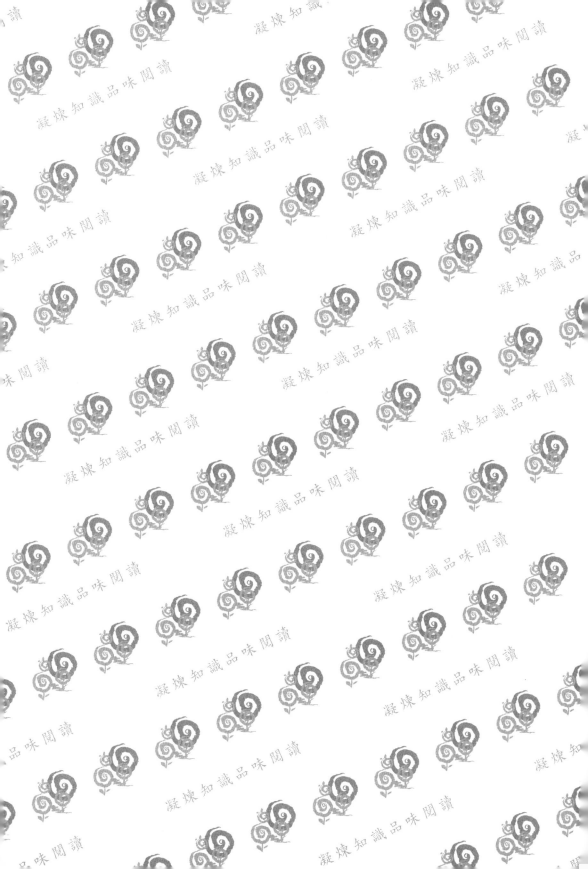

中國語文能力表達

多媒表達

普義南——主編

普義南、鄭柏彥、許維萍、羅雅純、馬銘浩、
周文鵬、陳大道、殷善培、黃文倩、楊宗翰——著

總序

　　淡江大學校定必修課程「中國語文能力表達」始於民國八十二學年度，這門課大致相當於許多學校「大學國文」改革後所開設的「大學寫作」，不過淡江大學的這門課多了一節分組討論，大班上課時旨在講授語文表達的基礎知識，分組討論則強調實務的運用，兩者相輔相成，饒富特色。只是這門課開設之初理念宗旨雖清楚，但並未規畫統一教材，直至民國八十六年始由林保淳老師召集崔成宗、黃復山、盧國屏、許華峰、殷善培等老師合力編寫了《創意與非創意表達》一書，做為教材便於講授。當時「創意」一詞還沒像今日般喧騰，淡江文學院也尚未推出文化創意學程，由此可見這本教材的前瞻性了！

　　這本教材依課程綱領概分為五章：第一章「導論」分「語言功能」及「中國文字的特性」兩節；第二章「表達基本原理」分「文章寫作原理」、「創作與構思」、「文章修辭」三節；第三章「表達基本方法」分「抒情手法」、「記敘手法」、「議論手法」三節；第四章「綜合表達」分「文宣廣告」、「研究報告」、「報導文學」、「企劃案的製作」、「公文的製作」、「自傳的寫法」六節；第五章「生活與藝術」分「典雅脫俗的文字遊戲：對聯」及「雅俗共賞的文字機趣：猜燈謎」。這本教材體例嚴謹，內容充實，多年來廣受好評，也為不少學校採用為教材。只是教材理當應與時俱新，《創意與非創意表達》因種種原因遲遲未能推出新版，於是民國九十二年高柏園老師接受教育部「大學通識教育人文教學之再造」補助計畫，提出「中國語文能力表達」課程整合、研發暨教學改進計畫，完成了「中國語文能力表達課程教科書修正稿」，這一修正稿分為十三章，體例統一為「學習目標」、「摘要」、「本文」、「自我評量」、「參考文獻」，具體章節如下：

　　第一章：導論
　　第二章：認識白話文
　　第三章：新詩寫作
　　第四章：散文寫作
　　第五章：小說寫作

第六章：新聞寫作

第七章：公文寫作

第八章：讀書報告寫作

第九章：認識網路文學

第十章：認識廣告標題的修辭性

第十一章：認識廣告標的藝術性

第十二章：從漫畫文化解讀寓言語境

第十三章：從漫畫藝術展現創意表達

不過這一版本並沒有正式印行，只以講義形式流傳於部分課堂上，且近幾年《創意與非創意表達》也不再印行，於是各任課教師只得自編講義各自詮釋，每年的教學研討會雖是行禮如儀，但都只是各抒己見，拿自編教材示範教一番！

有鑑於此，凝聚共識推出新版教材就成了當務之急了；於是中文系委由長期擔任這門課程的趙衛民老師組織編寫團隊，經過多次研討，配合課堂實際需求，大幅度減少理論及原理的介紹，兼顧文學與應用文的書寫，初步擬定了「修辭與寫作技巧」、「現代詩」、「散文寫作」、「現代小說」、「當代戲劇」、「電影與語文表達」、「報導文學」、「漫畫與寫作」、「中國文字的形成與應用」、「求職面試的藝術與常識」共十章的教材，每一章都儘可能先做簡述，再指點規矩門徑，務求在有限的課堂時間內達成執簡以御繁的效果。這十章當然不可能窮盡語言表達的各領域，一學期的課也不能遍及各領域，為使教材能與時俱進，編寫團隊也預留不少篇章以備日後增補修改之用。

但教材的精神就是與時俱進，三年一小修五年一大修本來就是該有的程序，尤其是近些年我系新進教師多在各校通識中心歷練過，熟悉教學現象與生態的變化；一〇三學年度開始，系上就委由普義南老師主編新版的語表教材，普老師和系上集新生代教師提出的編輯理念是：

一、 寫作觀念為主，寫作技巧為輔；

二、 教學應用為主，歷史認知為輔；

三、 提供多元課單，教師自取所需；

四、 基礎而後創意，練習而後記誦；

在這樣的理念下，寫作團隊計畫出版兩冊，第一冊是「寫作表達」，

以書面寫作為主，包括了：

一、語言與中國文字

二、寫作與構思原理

三、議論與思考方法

四、修辭與廣告標語

五、敘事與小說寫作

六、格式與求職自傳

七、編採與新聞寫作

八、格式與公文寫作

九、基礎人文研究與論文寫作

第二冊是「多媒表達」，以數位時代多媒體運用為主，介紹了；

一、口語與媒體運用

二、當代戲劇

三、電影與語文表達

四、節奏與歌詞表達

五、漫畫與寫作

六、求職面試的藝術與常識

七、組織與簡報呈現

八、說服與演講技巧

九、溝通與企劃技巧

　　每篇都有「導言」、「內文」、「延伸閱讀」、「參考文獻」及「實習單」。在這樣的構思下能將課程設計更充份彰顯出來，也更能呈現新生代教師對課程的認知，我們期待這一版的「中國語文能力表達」能激發更多的創意教學。

　　編寫共用教材要比個人著作複雜多了，感謝普老師居中協調，感謝系上教師的通力合作，不斷惕勵，精益求精，看著理念得以教材形式呈現，一切的辛苦都是值得的。

殷善培

淡江大學中國文學學系主任

中華民國105年2月

目　次

總序 (3)

第一章　口語與媒體運用 / 普義南　1

　導言　1

　一、不只文字——傳意與傳媒　1

　二、口語傳意的特色　3

　三、口語傳意的要求　6

　四、口語傳意的功能　16

　五、參考文獻　17

　六、練習單元　18

第二章　當代戲劇 / 鄭柏彥　19

　一、二○年代至四○年代　20

　二、五○年代至九○年代　23

　三、編寫原則　32

　四、練習單元　37

第三章　電影與語文表達 / 許維萍　39

　一、對於一種情緒的表達　40

　二、對於一座城市的表述　44

　三、對於一個事件的看法　48

第四章　節奏與歌詞表達 / 羅雅純　61

　導言　61

　一、古典詩歌的本質及節奏旋律　62

二、現代音樂傳承古典詩歌之韻律　63

三、從古典詩歌至當今「中國風」流行音樂的文化結合　66

四、「中國風」音樂歌詞的文學應用　71

五、結論　80

六、延伸閱讀　80

七、練習單元　81

第五章　漫畫與寫作／馬銘浩、周文鵬　　　　　　　　　　　　　83

一、提到漫畫，你會想到什麼呢？　83

二、有圖有真相，沒圖很抽象　86

三、引導讓你發現，察覺讓你思考　89

四、他是你，你也是他；你是我，我也是他　93

五、換一扇窗，會看到不同的世界　97

六、別把讀者趕出故事　100

七、練習單元　102

第六章　求職面試的藝術與常識／陳大道　　　　　　　　　　　　105

一、徵才單位的期待　106

二、面試應注意的事項　110

三、「履歷表」、「求職信」與「推薦函」　116

四、延伸閱讀　119

五、練習單元　120

第七章　組織與簡報呈現／殷善培　　　　　　　　　　　　　　　125

導言　125

一、蒐集資料　125

二、數位筆記　127

三、圖解思考　129

四、組織　131

五、簡報　134

六、簡報示例 139

七、延伸閱讀 142

八、練習單元 144

第八章　說服與演講技巧 / 黃文倩　　　　　　　　　　　145

導言 145

一、前置準備 145

二、演講稿類推與擬定原則——以馬丁·路德·金恩（Martin Luther King）的〈我有一個夢想〉（I Have A Dream, 1963）為例 151

三、臨場表現與演練 154

四、延伸閱讀 156

五、練習單元 157

附錄 158

第九章　溝通與企劃技巧 / 楊宗翰　　　　　　　　　　　167

導言 167

一、溝通的起源、要素、過程與目標 168

二、非語言溝通 170

三、人際關係中的溝通技巧 172

四、從溝通策略到策略企劃 176

五、行銷企劃書 178

六、申請計畫書 181

七、延伸閱讀 189

八、練習單元 190

第一章
口語與媒體運用

普義南

導言

　　日常生活中我們處理各樣訊息方式，不外乎聽、說、讀、寫四種。聽、讀，是訊息的接受。說、寫，是訊息的給出。而「語文表達」一詞偏重後者，關心的是如何給出訊息。「語」即語言，可以理解成口語陳述；「文」即文字，可以視作文章寫作。語言與文字，兩者都是訊息給出的基本媒介。整個教材分為《寫作表達》、《多媒表達》二冊。前者著重於「文」，後者著重於「語」。

　　《寫作表達》從文字寫作的部分談起，包含三大部分：首先是文字工具之認識、寫作原理之介紹。其次從廣告修辭看創意聯想、從小說寫作看記敘手法、從邏輯練習看議論方式。透過實務操作，加強聯想、記敘、議論之表達基本方法。最後屬綜合表達，將所學寫作原理應用在求職自傳、公文、新聞、論文等寫作上。

　　而本冊《多媒表達》可視作《寫作表達》的進階。包含有「文字」與其他載意媒體（介）的配合。比如與圖表結合的簡報、企劃；與聽覺結合的歌詞；與視覺結合的圖漫；與影音結合的電影與戲劇。還有口語的現實應用，比如演講、面試。這些載意媒體（介）中，又以「口語」演繹、陳述為首要。因此本章即針對口語傳意的特色、要求，以及其功用，簡要說明之。

一、不只文字 —— 傳意與傳媒

　　人不能離群而居，人與人之間需要傳遞交換意念訊息。傳意（Communication）就是一種社會化行為，可讓眾人有效地傳遞自己的意念，明

白和分享雙方傳達的訊息。《詩大序》云「情動於中（衷）而形於言」，人的意念情感是看不到、聽不著的，需要透過特定的形式，使其意念情感化成聲音、形象，讓對方透過感官去接受。可簡示如下：

傳意者（Sender）→某種形式（Form）→受意者（Receiver）

傳意者與受意者得以連繫的某種形式，就其居中穿引傳達功能來說是「媒介」，就其符號載體來說則是「媒體」。說得更明白些，媒體就是信息在空間上移動、在時間上保存的載體。所以這樣的符號載體可以不用借助工具，比如肢體動作、面部表情、聲音、口語。或者透過特定工具記錄、具現，比如繪圖、攝影、文字。

　　當然無論肢體動作、面部表情、聲音、口語，或者繪圖、攝影、文字，其前提是傳意者與受意者對這些傳意符號有約定俗成的理解。比如亞洲人拍照常常會伸出中指食指，比出「YA」的手勢，表達勝利、和平或友好之意。但在英國、愛爾蘭等地，「YA」的手勢卻帶有汙辱的意思。相對於手勢、繪圖等非語言符號，由口語（聲符）、文字（形符）結合而成的語言符號系統，可以更細膩地、精確地組織、傳遞、交換意義。至於印刷品、電話、唱片、電影、廣播、電視、電腦等傳播媒體，都可視作語言符號系統的擴展與延伸，而整個人類的發展史其實也是一部傳播媒體發展的歷史。

　　所以我們要傳情達意，可藉由文字，也不只限於文字。除了書籍、報章等印刷媒體外，我們還可以說、可以唱、可以演，透過影像（Images）、音訊（Sound）、視訊（Video）及動畫（Animation）等新型態媒體去豐富我們的表達。在語言符號系統的擴展與延伸上，口語傳意比起文字傳意，其應用更加普遍、更加多元，既可以面對面即時溝通，也可以輔佐、說明文字意義，更能與新型態媒體多元結合。比如學習知識，我們讀教科書倚賴的是文字傳意，在課堂上聽老師講授是口語，若再使用簡報、圖像、影音輔佐教學，多管齊下，相信更能增進理解，學習起來更有效率。在多元傳播、多媒傳播的現代社會，口語傳意無論作為傳媒主體或

作為輔佐，都有著關鍵性的作用。

二、口語傳意的特色

　　現代社會交通方便、網路發達，人與人之間的交際溝通變得更加頻繁，而最即時的傳意方式就是口語。再從報紙、書籍的印刷量下滑來看，夾帶影音優勢的新電子媒體，其影響力逐漸勝過印刷媒體。這些影音媒體，比如錄影、MV、電影、紀錄片，也都是對說、演、唱為主的口語傳意之再現。在談口語傳意的特色之前，不妨先來「看」兩個諧音笑話。

　　　　結婚三十年的老夫妻，慶祝紀念日到日本旅行，夜宿溫泉民宿。
　　　　睡到半夜，老先生突然緊緊抱住太太，說：「這輩子太短了！」
　　　　太太醒了過來，聽到先生這句話，當場感動掉淚說：「都是緣分啊！」
　　　　老先生：「……啥緣分？這被子短到都蓋不到腳啦！」

　　　　有一天舅舅問一位阿姨說：「騎車臺北到高雄要多久？」
　　　　阿姨說：「要很久。」
　　　　舅舅問：「起碼要多久？」
　　　　阿姨說：「騎馬要更久。」

　　明白了嗎？這兩個諧音笑話，用「看」的其實不怎麼好笑，因為「輩子」與「被子」、「起碼」與「騎馬」的差異性，一望可知，在閱讀當下幾乎是無時差的被理解。但今天如果是用「聽」的呢？從「輩子」到「被子」、從「起碼」到「騎馬」，聽者接受的時間感是延長的，是無法明確預知下一步發展的，這樣時間與理解的「間隔」，會讓笑話變得更加好笑。如果說笑話者是知名的相聲人員，可能說到關鍵處稍微停頓一下，或

者強化語氣、聲調，甚至擠眉弄眼佯裝出表情，相信更能令聽者發噱。以下就從即時性、複合性、互動性，比較口語傳意與文字傳意的差異。

㈠即時性

文字傳意是靜態、恆存的。

口語傳意是動態、即時的。

以上是相對而言，事實上沒有物質是恆存不滅的。只是我們寫出一篇文章、一首詩歌，作品就脫離作者在時空中獨立存在。所以我們可以藉由抄錄、印刷、複製，閱讀距離我們千百年前的文字創作，文化因此傳承，社會因此進步。就像你兩年前寫了篇求職自傳，兩年後應徵新工作，也許又把它找出來複印使用。所以文字傳意是具有可複製性的，可以久存於世。但口語傳意除非是用影音留存媒體，是不具可複製性的。學者曾指出：

> 直到今日，口語仍然是人類最基本、最常用和最靈活的傳播手段。但是，口語仍然不能脫離發出聲音的人而獨立存在，只能用於面對面的交流、近距離的信息傳遞等，同時具有轉瞬即逝、不便於保存和紀錄的特性，要傳承人類的文化，只通過一代一代人的記憶或口語，非常容易流失和改變，具有不確定性。[1]

「不便於保存和紀錄」，現在已經可以利用技術克服。但「轉瞬即逝」還是口語傳意的一大特色，比如你寫了一篇文章，記憶力好，是可以不用透過其他媒體或工具，將創作當下的文章，一字不差的默寫重現。可是內容相同的訊息，用口語默背出來，有時念得快、有時念得慢；有時念得重、有時念得輕；有時情緒高、有時情緒低。如同

---

[1] 蔣曉麗、石磊合著，《傳媒與文化：文化視角下的傳媒研究》，北京：華夏出版社，2008年6月，頁16。

一名歌手唱他的成名歌曲，就算歌詞旋律一樣，唱一千次就有一千種的版本，不管幾回都會存在微妙的差異。因為口語傳意是動態進行式，與當下時空並存，每個瞬間都在變化著，每一次傳播都是獨一無二。

㈡複合性

文字傳意不需其他輔助傳意媒體。

口語傳意需要其他輔助傳意媒體。

一九七四年學者艾伯特‧馬理賓思（Albert Mehrabian）做了一個「兩人面對面談話」的實驗報告，指出兩個人在會話中所用的「字」占7%、「聲音」占38%、「面部表情」占55%。[2]很多人以為口語傳意就只是依靠聲音，其實不然，在面對面的口語溝通中，「聽」與「看」一樣的重要。你可以關起門寫一篇動人的演講稿、求職自傳，但是真正站到演講臺上、坐在面試會場中，面對人群，垂頭低目、囁囁嚅嚅，再好的文筆都無用武之地。相信許多同學都有這樣的經驗，明明分組報告的簡報做的非常完整，但是卻因為怯場、臺風不穩，致使上臺報告時無法將學習成果準確地傳達給臺下聽眾。

也就是說，口語傳意就像是合奏曲一樣，需要多種傳意媒體協調配合。你的言語（音），以及言語後面的語言意義（義），當然是主要。但是還需要其他輔助傳意媒體，比如身體語言，像你說話時的手勢、姿態，以及眼神、與聽話者的身體距離。又如你的服飾是否得體？你的穿著打扮，除了顯示你的身分、品味，更重要的是你對聽眾的「態度」。你今天要應徵學校、應徵工作，縱使履歷自傳寫得非常出色，充分表達你的強烈意願。但你穿著T恤、夾腳拖、蓬頭垢面地走入面試會場，任何口試委員在你開口之前，就已經對你要表達的內容打了折扣。

2　轉引任伯江著，《口語傳意權能：人際關係策略與潛力》，香港：中文大學出版社，2006年，頁27。

㈢互動性

　　文字傳意往往是單向的傳播。

　　口語傳意通常是互動的交流。

　　溝通的基本要素，至少包括情境架構（Context）、來源（Source）、受播者（Destination）、訊息（Message）、管道（Channel）、噪音（Noise）、編碼或解碼（Encoding or Decoding）、回饋（Feedback）等。溝通的要領，詳見本書第九章〈溝通與企劃技巧〉，此處不贅述。但溝通過程很重要的是回饋，若受訊者無法回饋予發訊者，雙方就很難達成共識，發訊者也很難修正傳訊錯誤。

　　文字傳意與口語傳意最大的差別，在於文字寫作完成，作品就會脫離作者，比如李白、杜甫詩中寫錯了字，也沒辦法跟一千多年後的我們作更正。如果在重要公文或求職自傳上，訛字、漏字，或者產生語焉不詳的歧義，其後果可能會非常嚴重。而口語傳意通常是即時的，與聽者在同一時空，比如演講，聽者就在臺下。比如應徵面試，聽者就在試場。如果不小心講錯了，還有現場訂正、彌補錯誤的機會，不致造成遺憾；或者像演講，當你自顧自地講到興高采烈、欲罷不能時，卻發現臺下聽眾已經意興闌珊、打起哈欠，注意力已經渙散，聽眾身體語言也是一種回饋。此時你就應該換個主題、或者穿插一些故事或笑話，或者改變說話的語調，增加聲音的抑揚起伏，修正原來的傳意方式，重新吸引讀者的注意力。口語傳意比起文字傳意，更能夠即時互相補充與修正信息的內容，促進雙方更加準確地理解彼此的訊息，達成一個共同的意念。

三、口語傳意的要求

　　如前所言，口語傳意具備即時、複合、互動等性質，因此口語傳意除了傳情達意的表達，同時也須追求悅耳、悅目的表現。就像是聆聽歌曲、觀賞戲劇一樣，每次演出都是無法完全複製的，每次演出都是獨一無二的。如何讓你的口語傳意，比起他人出色、成功，諸如事前的語境的判

斷，以及話語與非話語傳意方式的協調搭配，還有傳意過程中適時對內容的修正修飾，皆是缺一不可。

(一)3S與8W —— 傳意語境的判斷

人與人之間的傳意基本上有以下三種型式，可稱作3S[3]：

1. 符號（Sign）：形態傳意與體態語（Nonverbal Communication and Body Language）。兩者皆屬於為非言語交際（Nonverbal Communi-cation）或譯非語文溝通，是社會心理學中的概念，指人在傳達訊息時，會使用言語、文字以外的媒介。具體來說形態傳意包括非語言符號、表象、標誌、色彩等；體態語是為身體語言，包括眼神、表情、手勢、坐立姿態等。

2. 說話（Speech）：口頭語（Oral Communication）。

3. 書寫（Script）：書面語（Written Language）。

舉例來說，你要跟喜歡的人表達情意，可以送一束玫瑰，玫瑰就是一種表象符號（Sign），或者像古詩描寫的「盈盈一水間，脈脈不得語」，牛郎織女隔著遼闊的銀河，不需語言，含情脈脈的眼神就是他們的身體符號（Sign）：也可以面對面用言語告白（Speech）；或者寫一封情意款款的情書（Script）。當然符號（Sign）、說話（Speech）、書寫（Script）之所以能夠溝通傳意，其前提是傳意者與受意者雙方處於某種約定俗成的社會文化環境。就像前文所言「YA」、「讚」的手勢，在不同社會文化下就有不同的解讀，傳意前如果沒有釐清傳意環境，不免就會讓對方「會錯意」，造成溝通阻礙。

所謂傳意環境如果考量到不可見的心理因素，或許用「語境」一詞更加適合，意即傳意當下所有傳意條件的集合。所以配合符號（Sign）、說話（Speech）、書寫（Script）方式，都有各自的傳意語

---

[3]　「3S」說詳見任伯江著，《口語傳意權能：人際關係策略與潛力》，香港：中文大學出版社，2006年，頁26-30。

境有考量。葛本儀在《語言學概論》就曾提出說話（Speech）語境有主觀、客觀因素[4]：

客觀因素：即言語交際的時間、地點、場合、對象等。

主觀因素：使用語言之人的身分、思想、性格、職業、休養、處境、心情等。

這樣分析語境不夠細膩，林保淳在《創意與非創意表達》曾用八個W加以解釋書寫（Script）情境，但其考量也可以適用符號（Sign）、說話（Speech）傳意上。因為本章以說話（Speech）傳意為主，符號（Sign）、書寫（Script）為輔，今就說話（Speech）傳意語境調整其說如下：

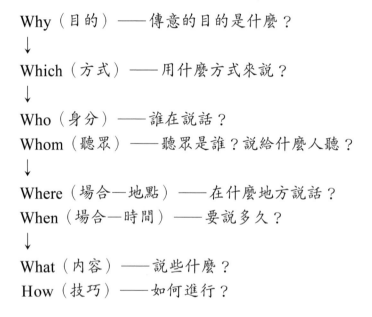

Why（目的）── 傳意的目的是什麼？
↓
Which（方式）── 用什麼方式來說？
↓
Who（身分）── 誰在說話？
Whom（聽眾）── 聽眾是誰？說給什麼人聽？
↓
Where（場合─地點）── 在什麼地方說話？
When（場合─時間）── 要說多久？
↓
What（內容）── 說些什麼？
How（技巧）── 如何進行？

8W我們可以分成五個層級：

首先，「情動於中而形於言」，這不得不說出口的「情」，無論是抒情、溝通或說服，都是說話的目的（Why）。

4　參看葛本儀主編，《語言學概論》，臺北：五南圖書出版有限公司，2002年5月，頁329-330。

　　其次，書寫文章比較自由，我有感動或信念要傳達給他者。我可以選擇詩詞，也可選擇散文、小說。詩、詞、散文、小說這些都是書寫的方式，或可稱體裁。口語傳意無體裁之稱，但其說話方式（Which）是口頭報告？是簡報？是演講？是歌唱？是戲劇？都是一開始就需決定好的。

　　第三，你的聽眾（Whom）決定你的身分（Who），你的聽眾是學生，你就要用老師的身分來說話；你的聽眾是上司，你就要用下屬的身分來說話；你的聽眾是孩子，你就要用親長的身分去說話。務必說話得體，免得貽笑方家。

　　第四，考量說話的場合，地點（Where）在哪裡？要說多久（When）？假設你要演講、簡報，那麼場地有多大？可以容納多少人？會有多少人來聽？會場有沒有提供麥克風、簡報筆或者其他多媒體設備？我要站在哪個位置？要講多久？一小時？兩小時？中間需不需要休息？休息多久？要留多少時間讓聽眾提問回饋？這些都要考量在內，並在演講、簡報前再三確認。

　　最後，根據我的說話方式（Which），考量我的目的（Why）、身分（Who）、聽眾（Whom）、地點（Where），決定我要說些什麼內容（What）。而這些內容（What）要透過什麼技巧（How）組織而出？好讓人聽得懂，也為之感動。像《卡內基的語言藝術》曾引述羅素・康威爾（Russell Conwell）博士的演說計畫[5]：

(1) 先把事實說出來。

(2) 再把這些事實做出發點，以為辯論的根據。

(3) 勸人們去實行。

　　說話內容什麼該放前面？什麼該放後面？要直抒議論？還是舉例說明？這些都是說話技巧，涉及到表達策略、計畫、組織等環節。

5　整理自（美）戴爾・卡內基（Dale Carnegie）著、人間製作群編譯，《卡內基的語言藝術》，臺北：新潮社文化事業有限公司，1989年5月，頁49。

㈡「望聞問切」——多元媒體的整合

　　就像中醫「望聞問切」幫病人診斷一樣，有聽覺（聞診、問症）、視覺（望色），也有觸覺（切脈），多管齊下。口語傳意具體操作時，亦擁有複合性的特質，雖是以說話（Speech）為主，但常與書寫（Script）、符號（Sign）關係緊密。較嚴謹的說話（Speech）比如演講、致詞、簡報，都需要事先書寫（Script）好講稿，操作時也要搭配適合表象語言、身體語言等非言語交際符號（Sign）。所以掌握口語傳意複合性的特質，綜合聽覺、視覺、多元媒體，決定何者為主要？何者次要？何者為輔助？影響傳達效益甚大。黃富榮曾整理幾種常見的口語表達方式，表列其多元媒體間的主輔關係如下[6]：

	內容	修辭	條理	聲音變化	速度變化	身體語言
演說	主	次	主	次	次	輔
致詞	主	次	次	次	次	輔
朗誦	次	次	次	主	主	輔
交談	主	輔	輔	輔	輔	次
問答	主	輔	主	次	次	次
說服	主	主	主	次	輔	次
示範	次	輔	主	輔	次	主
口頭報告	主	輔	次	輔	次	輔
簡報	主	次	主	次	次	次

　　當然這樣的整理並非絕對的、不可質疑的，但至少給了我們一個方向。輕鬆的口語傳意，像日常交談，「吃飽了嗎？」，中午問當然指午餐，晚上問則是指晚餐，語句略有歧義、結構鬆散總不妨礙理解，不必說得很清楚、很準確。詢問時搭配微笑或點個頭，就能充分

6　表格見香港城市大學語文學部編著，《中文傳意：基礎篇》，香港：香港城市大學出版社，2006年6月，頁227。

傳意。但是如果較長的表述內容、較嚴肅的表述語境，比如演說、致詞、簡報等，言說內容當然是主，包含如何組織、修飾。其次是聽覺表達，如聲量、速度、咬字、口癖。再來是視覺，如眼神、表情、手勢、服儀、姿態，都要組合得當。更進一步來說，你的演說、致詞是不是有搭配視聽多媒體，如影片、投影片？如果有，那麼言說是主，多媒體是輔。而簡報若是指PPT，PPT上放的必須是最主要的訊息，那麼PPT是主，你的言說詮釋是輔。表格上沒提到的戲劇、電影、歌詞等傳意方式，有的要配合場景、服飾，有的要配合音樂、取鏡，各有不同的媒體需要整合，才能共同完成傳意。這些詳見本書相關章節，此處暫不分析。

　　總之，一個完整的口語傳意，是多元媒體的結合，結合過程中要分清主輔關係，比如你的演說整場用投影片，演講者反而躲在角落，顯得喧賓奪主。或者你的簡報PPT做得太過簡略，文字少、缺乏重點，過程中畫面停留許久，口頭解說太過冗長，會讓閱聽者感覺不耐煩。歌詞創作也是一樣，音樂是主、文字是輔，先寫好歌詞，再找旋律硬套，多半扞格不通，很少有成功例子。就像做菜，顏色擺盤再好看、香氣再濃郁，也不及煮得美味重要。

㈢言之無文，行之不遠 —— 傳意言語的修飾

　　胡適〈建設的革命文學論〉：「一切語言文字的作用，在於達意表情。達意達得妙，表情表得好，便是文學。」亦即除了追求達意表情的實用性質，更需兼顧語言藝術的賞美情趣，無論書寫或言說都是如此。「達意表情」是指表達得清楚無誤，「妙」、「好」則是表現得感動或深入人心。正如何文匯所言：

　　　　人不免要思想。我們思想時用的是潛藏的語言；當我們用口語傳達思想時，潛藏的語言便顯露無遺。語言是傳情達意的工具，所以我們對語言最基本的要求是「言以足志」，也就是「辭達而已矣」。不過，「言之無文，行之

不遠」，語言如果不像文章般將以文飾，便缺乏動力，難以感人。能夠發感人之言，便容易獲得賞識和支持，因而容易成就大事。發感人之言卻是一種超卓的能力，是通過思考、觀察、嘗試、反省、鍛鍊而具備的。[7]

「發感人之言」也是傳意效益的深化，正如同寫作需要修辭一般，如何讓你的傳意效益最大化，有賴傳意言語的修飾。而文章的修辭，可以分成「消極修辭」與「積極修辭」兩種。簡單來說，「消極修辭」的目的，在作品以清楚的文字表現出來，沒有絲毫的模糊與歧解，以減少讀者閱讀上的困難。而「積極修辭」，即習稱的修辭格，使文章除了清楚明白的表情達意外，更能深刻地、具說服力地感動讀者，生起美感欣賞的效果。言語修飾與文字修辭道理相通，黃富榮指出口語傳意必須「信息準確」、「表達清晰」、「用語得體」、「語言生動」[8]，前三項即言語的「消極修辭」，最後「語言生動」則是「積極修辭」。按此要領，傳意言語的修飾可整理為以下三項。

1. 用語精確

用語精確指傳意言語的「消極修辭」，包含「信息準確」、「表達清晰」、「用語得體」三者。首先，要避免錯誤，常見的言語錯誤有四種：語音錯誤、語匯錯誤、語法錯誤、邏輯錯誤。

語音錯誤就像寫錯字一樣，有些字我們會寫但未必會念，因為讀音知識的缺乏。而在沒有提供文本資料的言說場合裡，言說者若念錯音，聽者恐怕一頭霧水。另外，學者也曾指出中國地方言語眾多，經常因為讀音互相干擾而出現錯誤，如「資料」一詞，有些習慣閩南語的人讀來像「『豬』料」、習慣廣東話的人讀來像「『雞』料」[9]。

7　詳見《口語傳意權能：人際關係策略與潛力》書前序。

8　《中文傳意：基礎篇》，頁224-226。

9　詳見游梓翔著，《演講學原理：公眾傳播的理論與實際》，臺北：五南圖書出版公司，1999年9月，頁190。

　　語匯錯誤即誤用語詞，有些語詞在漫長使用過程，會約定俗成，漸漸偏向於正面或負面的意義，使用時要特別小心。比如筆者批改學生作業時就曾看到這些例子：

　　「在善於實務的黃登滿老師調教下，使我對會計的熱忱日益加劇。」
　　「每個老師給我的評語都千篇一律，不是熱心助人就是活潑善良。」
　　「普老師對中文系的貢獻真是罄竹難書。」

　　句子中「日益加劇」、「千篇一律」、「罄竹難書」等語詞使用皆不同於約定俗成的意義，會造成聽者、讀者的誤解。
　　語法錯誤有時因為受到外語學習的影響，比如將「我會打電話給你」說成「我會給你打一個電話」（I will give you a call）。
　　最後說話同寫作一樣，都要合乎邏輯（語言邏輯可參考《中國語文能力表達——寫作表達》第三章〈議論與思考方法〉），小自「歧義」、「含混」、「著色」不當語詞的使用，大自語句前後間缺乏論證、因果，皆是邏輯錯誤。又如沒有詳細論證便訴諸勢力、訴諸情感、訴諸群眾、人身攻擊，或者根本因果倒置的論述，言之無理，更是表達之大忌。舉例如下，自行參詳之：

　　「每一個認真用功的學生，至少能考到八十分。因此，我們應該給每位學生八十分，好讓他們認真用功起來。」

　　「康熙是歷史上少有的好皇帝。」「荒謬！他是滿族人，怎會是好皇帝？」

　　小英：「藍黨的行政院長實在是太差了，連勞工放假問題都沒辦法解決。」小馬：「換你做還不是做不好！自己做

不到，就不要説別人。」

「你爲何支持公娼要合法化？」「那當然是因爲許多人都需要性的消費。」

「華人散布世界各地。林書豪是華人。所以林書豪散布在世界各地。」

　　用語精確的第二層要求是要用語「得體」，在前節傳播語境的判斷時就曾提醒，説話時要注意聽眾是誰，配合聽眾去調整你的説話方式與內容，就像孔子因材施教一樣，其弟子顏淵、司馬牛、樊遲等人問「仁」，孔子都會因弟子們學習程度與性格差異，去調整回答方式與內容。亞里斯多德亦曾云：「如智者般思考，但如凡人般説話。」今日不是你想説什麼就説什麼，而是要配合不同年齡、性別、性格、學養、文化等的聽眾，將你想説的話，調整成聽眾聽得懂的話、感興趣的話。

2.掌控節奏

　　書寫與説話都有其「節奏」，要方便讀者、聽者接受訊息。書寫的節奏憑藉標點符號，説話的節奏則仰賴聲調、音量、語速、停頓的語音變化。標點符號可以讓讀者明白何處轉折、何處停頓，以及感知疑問、驚嘆、懸宕等脈絡情緒。而説話的語音變化就等同無形的標點符號，掌控語音變化，等於掌控表達節奏，輔以用語精確，可以提升你的傳意效益。《卡內基的語言藝術》舉出動人言語的四個特徵[10]，整理其説如下：

(1)以聲調的高低表現語氣的輕重：字句的意義有重要和次要的分別，説到重要的字句，聲調要提高，反之則降低。比如：「我今

10　整理自《卡內基的語言藝術》，頁103-110。

天做了一件『好』事。」『好』字自然要提高聲調，因為是全句最關鍵的部分。

(2) 變更聲調與音量：我們平時談話聲調自然而然會有高低起伏，但站上講臺一緊張，顧著念稿，聲調就變成機器人一樣平凡而單調。所以要透過不斷地練習，使聲調回歸平常的高低起伏，也可以事先指定講稿中幾個單字或短句，在講到這些部分時，把聲音提高或是壓低，製造變化。

(3) 變更說話的速度：我們看文章每個字是均速的，但說話卻不是如此，所以中國近體詩律句會有「平平仄仄平」、「仄仄平平仄」的安排。平聲、仄聲不只是聲調高低，還有語速的差異，像「溪西雞齊啼」連續五個平聲字，念起來比「有客有客字子美」五個仄聲字來的長。相同道理，說話時除了提高聲調與音量，放慢速度也是一種強調重點的方式。

(4) 主要意思的前後要停頓：我們常說誦讀要「抑揚頓挫」，「抑揚」是指聲調高低，「頓挫」的「頓」是停頓，「挫」是轉折。今天快說到重點時，我們可以先停頓幾秒鐘蓄勢待發，讓聽者心理上有所準備，然後我們再慢慢地說、加重語氣地說，務求讓人聽得明白、聽得入心。

3. 化虛為實

我們要理解的就是聆聽不比閱讀，同樣一句話，用看的或用聽的，兩者接受速度是不同的。比如「五百公尺後路肩施工」，你開車時看到這句標語，可能才前進不到二十公尺就明白其意義。但如果是透過廣播接聽訊息，等到你聽完，還要在腦海裡還原訊息，車子可能已經前進不只五十公尺。換句話說，透過聽覺去還原、理解訊息是比較花時間的，尤其是一些與日常語言差異性較大的古文或書面語，或者是比較艱澀、抽象的專有名詞、特殊用語，聽眾可能要花更多時間才能明白。就像國文課時老師引述了一些古人詩文，如果沒有寫在黑板上，你會發現每個人筆記抄寫的句子不盡相同；

聽到一首新歌，可能重複聽很多次，才能瞭解歌詞的確切內容。

　　所以，口語傳意時我們要注意聆聽理解的困難，如果能利用視聽多元媒體輔佐言說，像圖像、影片、PPT等，那是最好。如果不行，就要盡量讓陳述內容化虛為實：減少抽象的術語，活用比喻，或以生動的寓言或故事替代；慎用文言，如引述古人詩文，要放慢節奏，逐字解釋；放棄空泛的議論，改用具體的數據；有效地利用語言來比擬示現，用聽眾已知的事物去幫助理解未知的事物，如某樣東西「比我還高」、「比檸檬還酸」、「像那位聽眾身上的T恤一樣紅」。諸如此類，無法遍舉。總之要聽眾產生明確、鮮明的形象，易於接受、易於理解，你的口語傳意才是成功的。

四、口語傳意的功能

　　最後，口語傳意的功能由內而外大致有二：就傳意者自身而言，正式地、精密地言說，可以條貫想法，鍛鍊思考；就口語傳意對人類社會而言，它可以指導人類意志與行動的能力，促進社會演變，透過現代化影音留存技術，影響無遠弗屆。

㈠「越說越聰明」──鍛鍊思考

　　語言是用來傳達交流的工具，當我們使用語言傳達交流的時候，那是心靈對心靈的交通，一個心靈把它的「意思」傳達給另一個心靈，或從一個心靈那兒，接受它所要傳達的意思。心靈之間所傳達交流的「意思」就是觀念或概念。這樣的概念，通常裝在語言的舟車之上，以它作為交通的工具。所以，語言是用來負載概念，作為心靈之間的傳達工具，而它所負載的概念，就是一般我們所謂的「意義」。就如同我們平常交通工具從甲地到乙地，也許是騎車、也許是開車，一開始駕駛技巧生疏，會花很多時間與氣力，但日復一日，技巧漸漸熟練，不僅可以有效率地抵達目的地，甚至規劃新的路線、新的旅程。語言工具越使用就越熟練，不僅可以精確地陳述已知，甚至可以

刺激思考，越寫越聰明、越說越聰明。如《卡內基的語言藝術》所云：「很多有名的演說家都異口同聲地說：『聽眾可以刺激靈感，使頭腦清晰、敏銳。使自己都沒注意的思想或已忘了的事例、沒想過的主意等等，都會因此而驟然被想起。』」[11]空想只會讓你越想越混亂，透過即時性、互動性地口語傳意，你腦海裡散亂的經驗、體悟，可以像電腦磁碟一樣重新整理、格式化，鍛鍊思考、促成認知架構。

㈡「他山之石可以攻錯」──影響他人

語言，依我們所使用及吸收瞭解的方法，形成了我們大部分的信仰，偏見、理想及抱負，構成生活處所的道德及知識環境。藉著語言，我們不但可以影響他人，也同時受他人所影響。也因為這個理由，所以作家才寫作；牧師才布道；雇主、父母和老師才訓誡；政治宣傳家才播放新聞；政治家才發表演說。他們都是懷著各種不同的理由，試著來影響我們的行為。如現代管理學大師彼得‧費南迪‧杜魯克（Peter F. Drucker）所言：「你的影響力就是在於你運用口語、文字與別人溝通的傳意能力。」現代社會使用言語交流的機會，多過於文字交流，而且即時性的言語，可以透過影音留存技術，比如電視、電影、網路等大眾傳播媒體，大量收集信息並大規模複製向社會公眾傳遞信息。你的演說、簡報、表演、歌唱、微電影都可以被記錄並複製，可以影響於此也可以影響於彼、可以影響當下也可以影響未來，所以我們要更謹慎言說，不僅做到使人知、使人信、使人動，更要使人善，對整個社會有積極正面的影響。

五、參考文獻

1. 葛本儀主編，《語言學概論》，臺北：五南圖書出版有限公司，2002.05。
2. 任伯江著，《口語傳意權能：人際關係策略與潛力》，香港：中文大

---

11 《卡內基的語言藝術》，頁12。

學出版社，2006。

3. 香港城市大學語文學部編著：《中文傳意：基礎篇》，香港：香港城市大學出版社，2006.06。

4. 游梓翔著，《演講學原理：公眾傳播的理論與實際》，臺北：五南圖書出版公司，1999.09。

5. （美）戴爾·卡內基（Dale Carnegie）著、人間製作群編譯，《卡內基的語言藝術》，臺北：新潮社文化事業有限公司，1989.05。

6. 蔣曉麗、石磊著，《傳媒與文化：文化視角下的傳媒研究》，北京：華夏出版社，2008.06。

7. 蔡念中等合著，《大眾傳播概論》，臺北：五南圖書出版公司，1998年11月初版一刷。

8. 黃永武著，《字句鍛鍊法》，臺北：洪範書店，1992初版八印。

六、練習單元

1. 描述書房：請你利用口語，簡述家中「書房」或「起居室」（非學校宿舍）的格局，內容包括空間大小、物品擺設等資訊。並請另一位同學依據你的陳述內容，圖繪之。

2. 說書練習：指定古典小說或現代小說、劇本一段文字，比如「張飛大鬧長板橋」、「劉姥姥進大觀園」，請二到三位同學利用聲調、音量、語速、停頓的語音變化去演繹故事情節，並比較彼此口述差異。

第二章
當代戲劇

鄭柏彥

　　「戲劇」是什麼意思呢？王鼎鈞曾生活化地形容：「如果小說是說故事的延長，戲劇就是吵架的延長。」（《文學種籽・戲劇》）突顯了「戲劇」裡「代言」、「對話」的形式特點，他又更進一步說：

> 有人給戲劇下定義，說戲劇是「演員當著觀眾在舞臺上表演一段精彩的人生」。我很喜歡這個定義……戲劇的內容，所用的材料來自人生。戲劇所表演的是人怎樣活著、人為什麼活著、人活下去變得怎樣了。它演出人的快樂、人的悲哀、人的挫折、人的奮鬥。戲劇取材人生和小說近似，但是比小說更嚴格入世。戲劇既然表演人生，則人生大約也像是戲劇。

王鼎鈞此處是從「戲劇」的「材料因」立論，其後又講到「演員」、「觀眾」、「精彩」等幾個元素，生動地界說戲劇。但若要更精準界義，可以從「戲劇」一詞與「戲曲」的關係來看。

　　曾永義在《戲曲源流新論》中有過清楚地區分與界定，總其要旨為：「戲劇」為「舉凡真人或偶人演故事者」；「戲曲」則專指「演員合歌舞以代言演故事」，因此漢角觝戲、唐歌舞戲、唐參軍戲至南戲、北劇、明清雜劇、明清傳奇、京劇及其他地方戲和民族戲劇皆屬之。以概念範圍的大小而言，「戲劇」可以包含「戲曲」，「戲曲」則無法含括「戲劇」。此外，還有從西方移植而來的戲劇形式，這與中國古典戲曲的表演形式不同。為了方便區別，我們將西方移植而來的戲劇形式稱為「現代戲劇」。

這兩種表演形式最大的不同在於：「現代戲劇」以較繁複的對話取代「戲曲」中重視曲唱的表演型態，並以寫實動作取代寫意的程式表演。但這種區別並非絕對，僅是就大方向而言。本單元為「當代戲劇」，內容即以「現代戲劇」為主，兼及現代化之「戲曲」。

　　至於「當代」一詞，則與「近代」、「現代」相關，都是在指涉一個時間斷限，但究竟「當代」、「近代」、「現代」有什麼差異？其定義依照個人論述系統而有差異，但一般說來，乃是將「晚清至五四」劃為「近代」，「五四至1949年」歸入「現代」，「1949年至今」稱為「當代」。但在本單元中，則依體例劃分為「二〇年代到四〇年代」與「五〇年代到八〇年代」兩個部分。

一、二〇年代至四〇年代

　　1949年以前，還未進入動員戡亂時期的臺灣便已有現代戲劇活動，根據呂訴上《臺灣電影戲劇史》的蒐集記載，早在1910年便有日本新演劇來臺演出，次年由「朝日座」高松豐次郎等人為首，在臺組織臺語改良戲劇團，此外，上海「民興社」亦有來臺巡迴的演出造成風潮。

　　1920至1937年對日抗戰爆發前的這一時期，至少有「鼎新社」、「臺南黎明新劇團」、「草屯炎烽青年會演劇團」、「民烽劇團」……等十多個劇團成立。抗戰爆發後，日本將戲劇作為侵略工具，成立「太陽劇團」、「新太陽」、「星光」……數十個劇團，來傳達「皇民化」思想。由此可見，文學藝術往往會受到政治牽引，自然隱透時代氛圍。

　　同一時期，對岸大陸則是進入了話劇高峰。話劇，也就是現代戲劇的表演形式，在三〇年代以後的中國非常盛行。重要劇作家就出現在抗日戰爭前後的這一段時間，如曹禺、老舍、田漢……等等。曹禺的《雷雨》、《日出》、《原野》轟動一時，《雷雨》即被譽為中國現代戲劇史上最重要的作品之一。

　　《雷雨》創作於1933年，以三一律為原則，敘述周公館中母子成為情人、愛侶卻為兄妹的家庭倫理愛情悲劇，最後在雷雨夜通過死亡結束了

錯綜複雜的感情糾葛。劇中的周繁漪是一個受到家庭拘束的女人，她努力追求愛情，卻是悲劇收場。第四幕中，她曾對著自己的兒子周沖大吼，述說為何愛上丈夫的前妻之子：

> （丟棄了拘束）我叫他（案：指前妻之子周萍）來的時候，我早已忘了我自己，（向沖，半瘋狂地）你不要以為我是你的母親，（高聲）你的母親早死了，早叫你父親壓死了，悶死了。現在我不是你的母親。他是見著周萍又活了的女人，（不顧一切地）她也是要一個男人真愛她，又要真真活著的女人。

這段對於愛情自由的吶喊，曾是多少封建生活中的女人心。即便是今日，它也反映出許多受到家庭束縛想要追求真愛的喃喃低語，所以評論家認為《雷雨》帶有反封建的思想。

《日出》創作於1935年，發表於1936年。以交際花陳白露、銀行家潘月亭以及陳白露的昔日愛人方達生為故事核心。描述陳白露在金錢與欲望的遊戲中無法自拔，雖然方達生嘗試拯救她，但陳白露最後還是因債臺高築而選擇自殺。劇中赤裸裸地揭示「損不足而奉有餘」的控訴。如劇中銀行職員黃省三，被裁員後不知所措，但卻又遭銀行祕書李石清羞辱。黃省三在走投無路時向潘月亭懇求，仍反遭到羞辱，此時的他便進行一段獨白控訴：

> ……（略）我為著這辛辛苦苦的十塊二毛五，我整天地寫，整天給你們伏在書桌上寫；我抬不起頭，喘不出一口氣地寫；我從早到晚地寫；我背上出著冷汗，眼睛發著花，還在寫；颱風下雨，我跑到銀行也來寫！（做勢）五年哪！……（略）我是快死的人，我為著我的可憐的孩子，跪著來求你們。叫我還能夠給你們寫，寫，寫，——再給我一碗飯吃。把我這個不值錢的命再換幾個十塊二毛

五。……（略）（更沉痛地）可是你們要這十塊二毛五幹
什麼呀！我不是白拿你們的錢，我是拿命跟你們換哪！並
且我也拿不了你們幾個十塊二毛五，我就會死的。（憤恨
地）你們真是沒有良心哪，你們這樣對待我，──是賊，
是強盜，是鬼呀！你們的心簡直比禽獸還不如──。

這段獨白控訴是資本家壓榨勞工的時代縮影，所以說《日出》、《原野》
有著批判資產階級、揭發階級鬥爭的社會意義。這時期的作品，正如馬森
所言：「多數的劇作家，在這一個時期，都不由自主地實行著『戲以載
道』的主張，把一己改造社會的觀點滲入在作品中。」

至於戲曲方面的改革，在臺灣是七○年代以後的事，但大陸卻早在這
時期便出現戲曲改革的聲音，主要領袖就是梅蘭芳。梅蘭芳本名梅瀾，字
畹華，出生在京劇世家，祖父梅巧玲即為同光十三絕之一。從師吳菱仙，
開啟京劇之路，後與通天教主王瑤卿、伶界大王譚鑫培、武生宗師楊小樓
交往密切獲益甚多。梅蘭芳接受上海新思潮、新劇場的洗禮以及齊如山等
人的意見，不斷進行舊戲的革新，包括旦角裝扮、舞臺布景、燈光使用、
新編故事、曲文唱詞、身段舞蹈等，創作出許多新編劇目，如《嫦娥奔
月》、《天女散花》、《洛神》……等。

到了1942年，毛澤東發表了「在延安文藝座談會上的講話」，揭示
了政治帶動藝術的平劇改造運動原則，開始了「改戲」、「改人」、「改
制」的運動，例如刪減舊戲的封建成分，改編、新編符合社會主義的作
品。在《延安文藝叢書・戲曲卷》中就收錄許多相關作品，如《逼上梁
山》、《三打祝家庄》、《瓦岡山》、《秦檜》、《錢守常》、《難民
曲》。

《逼上梁山》是這時期的代表作品，取材自《水滸傳》，毛澤東曾多
次公開稱讚此劇。因為林沖扮演統治階級的軍官，卻率領無產階級的農民
造反，加上此劇是集體創作，更是符合當時社會文化氛圍，所以1944年的
首演便造成轟動。這類的劇本在題材與曲文賓白都有著濃厚的政治意味，
如1943年的《難民曲》中就云：

越思越想越恨反動派，來邊區才真是到了家鄉。看起來俺的親娘就是共產黨，共產黨就是咱中國人民的太陽。

此後，政治愈發干預藝術，戲劇淪為政治的宣傳品。

二、五〇年代至九〇年代

　　1949年之後，中共開始將編劇、導演與演員收編，藝術家生活雖然無虞，但藝術創作卻也受到政府的箝制與管理。這時期現代戲劇的佳作甚少，最重要的作品便是老舍的《茶館》。《茶館》以裕泰大茶館為背景，描述晚清末年至中共建國的歷史興衰，刻畫其間庶民百姓的眾生相。在第一幕幕起時，老舍對這個茶館的描述是：

　　　　這種大茶館現在已經不見了。在幾十年前，每城都起碼有一處。這裡賣茶，也賣簡單的點心與菜飯。玩鳥的人們，每天在蹓夠了畫眉、黃鳥等之後，要到這裡歇歇腿，喝喝茶，並使鳥兒表演歌唱。商議事情的，說媒拉縴的，也到這裡來。那年月，時常有打群架的，但是總會有朋友出頭給雙方調解；三五十口子打手，經調人東說西說，便都喝碗茶，吃碗爛肉麵（大茶館特殊的食品，價錢便宜，做起來快當），就可以化干戈為玉帛了。總之，這是當時非常重要的地方，有事無事都可以來坐半天。

不只劇中充滿了濃濃京味，就連出場的幾十個人物的性格、言行也都相當鮮明。正如老舍所說：「沒有生活即沒有活的語言，我認識茶館裡那些小人物，我知道他們做什麼，所以也知道他們說什麼。」

　　可是到了文化大革命前後，戲劇則完全成為政策宣傳工具，「樣板戲」也成為一種帶有負面、調侃意味的詞彙。正如曹禺曾說的：

　　　　幾十年來，圖解政策、臺上「訓」臺下的現象，在我們的
　　　話劇舞臺上時有出現，這種風氣非改不可！

曹禺說這番話時，已至1985年。幾十年來受限的藝術創作，隨著改革開
放，自由創作的可能性方在中國大陸重新燃起火苗。

　　1949年以後的臺灣現代戲劇，也為政治服務，與大陸不同之處僅在
於服務目標為反共、抗俄。從劇團之名稱便可以看出端倪，如「戡建劇
團」、「成功劇團」、「自由萬歲劇團」等。當時重要劇團還是三軍劇團
與大專院校劇團為主，只有少數的民間劇團，但或多或少也都受到黨與政
的管控。

　　這種狀況直至1960年開始有所轉變，知名劇作家與劇論家馬森在
《臺灣戲劇：從現代到後現代》中將1960年到1979年規劃為臺灣新戲劇萌
芽與開展期，因為「六〇年代的臺灣文化氣氛已明顯地轉向歐美的自由民
主與文學藝術的現代主義」。這二十年間漸漸擺脫反共劇的模式，也不再
把寫實奉為唯一圭臬。許多劇場工作者接受西方戲劇洗禮，帶回新觀念與
理論技術，如馬森留法、李曼瑰赴歐美、姚一葦旅美、汪其楣留美等，他
們不但創作更從事教學工作，散播戲劇種子。這時期也出現許多重要劇作
家，叢靜文曾列舉李曼瑰、姚一葦、陳文泉……等十二人，馬森另列舉姜
龍昭、賈亦棣、崔小萍……等十九人，加上馬森、黃美序、汪其楣等人已
達三十四人之多。作品更是非常豐富與多元，如姚一葦的《一口箱子》、
馬森的《蛙戲》都相當創新，每每被各地劇團重新搬演。

　　《一口箱子》敘述阿三帶著一口父親交給他的箱子，卻被誤認為是一
口內有放射性致命物質的箱子，而受到眾人追捕，最後因此喪命的故事。
劇中的箱子充滿了符號意涵，全劇帶有現代人的悲劇意識。

　　《蛙戲》主要敘述一群擬人化的蛙，在面對秋天蕭瑟、冬天將臨的
死亡前刻，面對生命的種種態度。其中蛙有天才、愚笨、悲觀、玩世、貪
財、強盜、忌妒、美人……等等不同類型，用來隱喻人世間的眾生相。如
同樣面對北風吹起，群蛙的反應不一，悲觀的蛙說：

北風一起，就離我們的末日不遠了。所以我真不明白我們蛤蟆活著到底為了什麼？我們蛤蟆的生活又到底有些什麼意義？

玩世的蛙說：

你的悲觀，真是名不虛傳哪！我看你呀，是有樂不會樂，有福不會享。這大好的天氣，這優美的景色，多麼美妙宜人呀！

天才的蛙則說：

有意義有價值的事情就是給生活找出目的。

這些討論，彷彿就是我們日常生活中經常出現的對話，你或你的朋友或許就曾懷疑過存在的意義。《蛙戲》就是將這個懷疑通過荒謬、詼諧的手法來呈現。劇末，群蛙在天才蛙的引領下，紛紛撞樹自殺，這個結局更是發人深省。

(一)蘭陵劇坊與《荷珠新配》

當邁入八〇年代後，為臺灣當代戲劇的重要里程碑，是一個在戲劇史上被稱為「小劇場運動」的年代。

1980年舉辦了第一屆實驗劇展，其中大放異彩的便是由金士傑編導、蘭陵劇坊演出的《荷珠新配》，這是一次具有劃時代意義的演出，開啟了小劇場運動，雖然石光生將小劇場運動前推至一九七〇年代後半葉由文化大學演出的《一口箱子》。但一般而言，仍是將《荷珠新配》視為「小劇場運動」的開端，如鍾明德便曾說道：「一切由《荷珠新配》開始。」

《荷珠新配》是由京劇《荷珠配》改編而來，故事敘述大華公

司齊子孝的僕人趙旺謊稱自己為總經理，並到夜來香妓院尋歡，杯觥之際向妓女荷珠提及齊子孝有失散多年的女兒金鳳。荷珠心生一計，欲前往齊家冒認金鳳，但這一切過程皆被妓院老鴇發現，老鴇便暗隨荷珠之後。同時荷珠寫信向自己的養父劉志傑謊稱自己找到一個大老闆乾爹，所以會減少生活費，劉志傑收信後便欲前往齊家。到了齊家後，荷珠與趙旺不期而遇，互相嘲笑對方身分，趙旺威脅要戳破荷珠身分，荷珠只好答應讓趙旺分一份。但當劉志傑接信後前往齊家拜會時，才發現與齊子孝真的是舊時鄰居。在相認時，齊妻為測試劉志傑與荷珠是否嫌貧愛富，故謊稱大華公司將要倒閉，沒想到正好說中齊子孝心事，劉志傑為避免被拖累，便說荷珠非金鳳。這時老鴇謊稱自己是董事長也要來分一杯羹，齊子孝便趨前巴結想靠老鴇挽救自己公司，劇就在大家各懷鬼胎下結束。第一場一開始：

　　（舞臺中擺著兩張椅子，一個小茶几。老鴇與荷珠各坐一椅。）

老鴇：（在一個呵欠之後開口）──常言道，有福之人人服侍。

荷珠：（自怨自艾）無福之人服侍人。

老鴇：店名叫夜來香，我是這兒當家的，這兒當家的──是我。

荷珠：我叫荷珠，在這兒執壺賣笑，賣笑──執壺。

老鴇：幹了二十年的買賣，生意還挺好的，最近聽說政府要我們這一帶幹我們這種買賣的把大門給關掉──唉，我這是心裡發愁口還不能開，說穿了，下面人誰還安得下心替我招呼上門的？這真是──做上面人有上面人的煩惱唷！

……（略）

老鴇：喲！我心裡煩，我都還沒作聲，這丫頭在那兒先唉聲嘆氣了！──荷珠，妳哪根筋不對啊？

荷珠：我沒有一根筋是對了的。

老鴇：那敢情好，媽媽我來替妳把那根壞筋抽掉，妳就舒
　　　坦了。（起身撑荷珠，荷珠疼痛閃避）聽著！這會
　　　兒可是上班時間喔！

荷珠：我們這算是哪一家公司哪一個部門啊？

老鴇：（一怔，反應）大眾傳播公司，公共關係部門。
　　　（勝利地）妳給我—坐下。……

　　從劇情大綱來看，可以知道《荷珠新配》敘述一場交織著冒認的「玩笑劇」。而從第一場中可以看出《荷珠新配》脫離寫實劇的籠罩，融會戲曲元素。它襲用戲曲中一桌二椅的元素作為舞臺布置，以疏離感取代寫實，因此獲得當時輿論的稱揚。

　　馬森在〈話劇的繼往與開來——從《荷珠新配》談起〉提出了《荷珠新配》的成功之處，總其要旨為：《荷珠新配》能夠恰當掌握京劇《荷珠配》中重視身分地位的主題，並通過現代性的話語加以改編，讓《荷珠新配》中的劇情符合現代人所熟知的生活情況，但又能保留京戲的某些特點。

　　不過，除了正面評價外，仍有一些不同意見，如胡耀恆〈還有遙遠的路可以走〉則認為：以喜鬧的方式表達人生醜惡、卑劣的一面，僅是戲劇兩條路之一，若是要表現人性高貴莊嚴的一面，還是需要走向精緻化之路。

㈡劇團的百花齊放

　　在蘭陵劇坊後，八〇年代的臺灣大環境依然惡劣，但還是有許多努力付出的劇場工作者，加上有許多從西方學習舞臺技術的劇場工作者參與，如聶光炎等，其中最受到觀眾矚目的便是：表演工作坊、屏風表演班與果陀劇團。馬森便認為：從1985至1999，這十餘年間，最活躍，也最能贏得觀眾口碑的便是這三個劇團。其中又以表演工作坊、屏風表演班最活躍，儼然為國內最大、最重要之劇團，脫離小劇

團的規模，成為職業表演團體。

　　表演工作坊由賴聲川主持，第一個劇目為1985年的《那一夜，我們說相聲》，以集體的即興的創作方式造成風潮，也翻譯演出西方作品如《一婦五夫》、《絕不付帳》等。表演工作坊的演出風格與形式都相當變化、多元，有相當多的作品融入時事或用以諷刺時政。例如就在剛邁入九〇年代時，表演工作坊演出《臺灣怪譚》，劇中通過阿達──一個人格分裂的說書人對臺灣現狀進行寓言式的嘲諷與批判。其中阿達自述：

> 在阿達的童年，那一個一切都臨時的時代，也就是說一切都將就將就，一切都不重視、不在乎。阿達的父親就是在一個臨時單位當個臨時雇員，馬路上許多街道名稱也都是臨時取的，都市計畫也是個臨時的都市計畫，政府也是臨時政府，首都也是臨時首都，連個憲法都是部臨時條款。當初阿達誕生的那間破廟，後來就被國軍拆掉變成一個臨時軍營。所以阿達的父親就很緊張，趕快跟兩戶人家特別情商，各借了人家一面牆壁，自己搭上了一面屋頂，前後門一堵，成了阿達臨時的一個新家，家雖然小但卻是很溫暖。唯一美中不足的是家裡居然有一隻大電線桿，也不能把它拔掉，不過時間久了倒也蠻方便的，因為只要往上搭根電線，臨時就通電了。……

　　這段自述是對於臨時政府的嘲諷，將這個時代現象扣入一個孩子的童年，接著他又續寫道：

> 阿達父親也提高語調的說著。「我說這臺灣的臨時政府要是哪一天變成了永恆的，你怎麼辦呀？」老闆再問。「你怎麼對政府這麼沒有信心嘛！政府說什麼就是什麼嘛！再過兩年我們一定可以回南京的，這點我可以跟你打賭。」

　　阿達的父親是非常愛國的，可惜他一輩子打賭沒贏過。

　　這段針對反共復國大夢的批判，相當尖銳而極盡嘲諷之能，不但反映了戲劇的功能，也標誌了臺灣進入真正自由的國家之林。

　　屏風表演班於1986年由李國修成立，劇團風格以喜鬧劇為主。代表劇作為《京戲啟示錄》，李國修以其父親為線索，寫出戲班的悲歡離合、父親的身影，其中有喜鬧，亦有引發觀眾共鳴的時代哀愁。不過，由於李國修病逝，屏風表演班也於次年（2014）宣布封箱。

　　在二十世紀跨入二十一世紀之際，臺灣現代戲劇蓬勃發展，除了上述劇團外，尚有如果陀劇團、綠光劇團、臺南人劇團、臨界點劇象錄、優劇團、相聲瓦舍……等許多受到關注的劇團；兒童劇團亦有鞋子兒童劇團、如果兒童劇團、黃大魚兒童劇團、杯子兒童劇團……等等，還有完成環島下鄉的紙風車兒童劇團。

㈢戲曲的現代化與改革

　　臺灣的戲曲活動相當興盛，在眾多劇種中，以京劇、歌仔戲、布袋戲在臺灣最為盛行。近年來，歌仔戲由明華園掛帥，加入全新舞臺布置、創新劇本，讓歌仔戲依然活躍於二十一世紀；布袋戲則從傳統偶戲舞臺進入電視、電影，加入特效、強化故事結構並進行剪接，一次性的舞臺演出也轉變為可複製的、可重複觀賞的節目，這種轉型培養出一群忠實觀眾，也拓展布袋戲的市場。

　　相對而言，京劇則失去較多關注，彷彿成為學院內的藝術。然而，京劇從國民政府遷臺後，曾是主流的表演藝術，擁有廣大的觀眾群，連現代戲劇都從中吸納元素。但是，隨著時代轉變、各種娛樂興起，京劇逐漸流失觀眾，許多京劇工作者便力求轉型。

　　1979年3月28日，郭小莊創立「雅音小集」，以京劇革新、傳統再生為目標，代表劇作有《白蛇與許仙》、《感天動地竇娥冤》、《歸越情》、《紅綾恨》、《再生緣孟麗君》……等。郭小莊的演出獲得觀眾熱烈回響，成功打響改革第一槍。王安祈在《光照雅音：郭小莊

開創臺灣京劇新紀元》一書中從「對戲曲製作與創作方式的影響」、「對戲曲文化的影響」、「對劇壇生態影響」等三大方向揭示「雅音小集」的時代意義，總括來說就是將京劇現代化──從製作演出到傳播行銷的革新。

郭小莊的嘗試，雖然獲得好評，但也受到部分傳統京劇擁護者的質疑。此後，在改革京劇上受到最多挑戰、突破也最大的便是吳興國。1983年吳興國、林秀偉成立「當代傳奇」，1986年開始創作《慾望城國》、《樓蘭女》、《李爾在此》、《暴風雨》等劇，標誌了京劇新紀元。據吳、林自述，在這段艱辛的過程中有楊向時、劉松輝、登琨豔、魏海敏、周凱等各界精英鼎力相助，還有七十餘人無薪義助三年。

吳興國在舞臺、燈光、服裝、化妝、音樂、曲文、唸白、舞蹈、身段、劇本等各方面都有很大的突破，更打破了腳色行當的限制，一人飾演多個腳色，崑亂不擋。如剛進入九〇年代，當代傳奇所發表的《李爾在此》，即由吳興國一人飾演十個人物，兼括多個腳色。他甚至在舞臺上卸去臉譜妝容，此時他自述道：

　　我回來了。這個決定比出家還要難，還要高貴。

短短數語，卻是多麼令人震撼。不過，正因為吳興國的變革超出既有京劇愛好者所能接受的範圍，因此受到的批判遠比郭小莊來得強烈。吳興國曾自述十歲坐科學武生，二十歲到雲門舞集跳現代舞，二十六歲拜師習老生，三十二歲創作《慾望城國》，三十四歲走入電影……。會走入電影，正是因為他在京劇革新的過程中受到極大壓力，「欺師滅祖」、「革國劇的命」的評語有如排山倒海而來。但再多的批評也無法阻擋改革的決心，也因此成就了今天的「當代傳奇」。

王安祈曾下了這樣的斷語：「很明顯的，『雅音』的興趣在京劇本身的創新，『當代』的理念則企圖由京劇之轉型導致蛻變形成另一

種『新劇種』。」

　　郭小莊與吳興國的創新改革，從今日眼光看來充滿了前瞻性。因為到了九〇年代後半期，時代風氣更為開放，京劇也開始倡行本土化。1995年國立國光劇團成立，創團宗旨即是「京劇本土化」。故如「臺灣三部曲」：《媽祖》、《鄭成功與臺灣》、《廖添丁》便以臺灣為題材進行創作，另外為了推廣京劇也新編兒童京劇，如《三國計中計》等。

　　國光劇團不單在劇本上拓展，在舞臺設計、燈光運用都超越既有京劇之侷限，但又維持一桌二椅戲曲寫意的原則，在傳統與新創之間分寸拿捏得宜，加上沿用郭小莊以來的戲曲導演制度，讓京劇更具現代性。從2005年首演的《三個人兒兩盞燈》中可以得到最好的印證，在故事題材上引入傳統戲曲中未見的細膩女性情誼，妥當運用燈光與走位將宮廷與邊疆在舞臺上合而為一，但又巧妙的讓觀眾理解這兩個相即卻又分離的孤寂世界。

　　大陸則是到了文革之後，戲曲才又慢慢恢復生機，出現了許多運用新技巧、新觀念的新編戲。1980年首演的《徐九經升官記》，改編自《姚家井》，通過徐九經斷案的迂迴曲折，述說官場的黑暗。在劇中徐九經一段經典唱段點出了本劇核心思想：

　　　當官難、難當官，徐九經做了一個受氣官。哎，一個窩囊官。自幼讀書為做官，文章滿腹我得意洋洋、洋洋得意進京考大官，又誰知才高八斗我難做官，皆因是爹娘沒有為我生一副好五官。哎，我怨怨怨五官，頭名狀元到那玉田縣，當了一個小小的七品官，九年來，我兢兢業業做的是賣命官，卻感動不了那皇帝大老官。眼睜睜不該升官的總升官，我這該升官的只有夢裡跳加官，原以為，此番升官我能做個管官的官，又誰知我這大官頭上還壓著官，王爺侯爺他們官告官，偏要我這小官審哪審大官，他們本是管官的官，我這被管的官兒，怎能管那管官的官，官管

官、官被管、管官、官管，官官管管，管管官官！叫我怎
做官？哎，我成了夾在石頭縫裡一癟官，我若是順著王爺
做個昧心官，陰曹地府躲不過閻王和判官；我若是成全了
倩娘，做一個良心官，怕的是剛做了大官我又要罷官。我
是升管、是罷官、做清官還是做贓官？做一個良心官、做
一個昧心官？升官、罷官、大官、小官、清官、贓官、好
官，哎呀，莫做官──

　　本唱段唱出了清官心中的痛，也呼喊出許多秉持正道、堅守自持
的君子心聲。1988年首演的《曹操與楊修》，以三國故事為基底，敘
述兩個強大靈魂的碰觸。這時期的劇本無論在情節編排、人物形象塑
造，甚至於導演運用、舞臺布置都已經與傳統京劇不同，展現了京劇
現代化、精緻化的特徵。

三、編寫原則

　　現代戲劇與戲曲在表現形式上有所不同，但就劇本編寫原則而言則具
有共同性。王鼎鈞認為劇本是為了表演而寫，因此有獨特格式，也有許多
限制，他說：

劇本既為表演而寫，編劇要受很多限制，他要考慮：一、
演員是否演得出來？神仙武俠的奇才異能可以寫入小說，
不便寫入舞臺劇，原因在此。（電影另當別論）二、即使
能演出來，劇場效果如何？幾個人在舞臺上圍著賭博，觀
眾遠在臺下，無法有參與感，效果一定不好。三、要花多
少錢？戲劇演出是要講成本預算的，不像小說，半瓶墨水
一疊稿紙就為所欲為。比起小說來，編劇也有省事的地
方，不必敘述前後經過，不必描寫環境，人物的服裝、體
型、長相、動作都另外有人去動腦筋，編劇只需從對話中

去刻畫人物性格，製造衝突，展現危機，推動劇情。於是
編劇的全副精神放在對話上。好劇本的對話實在寫得好。
（《文學種籽・戲劇》）

王鼎鈞從小說與戲劇的差異來討論三個限制，這是書寫時的實際考量，也
是我們應該要注意的問題。而王鼎鈞最後則點出了劇本書寫的重要關鍵：
「刻畫人物性格」、「製造衝突」、「展現危機，推動劇情」，加上「精
彩的人生」，已經扼要的提出戲劇書寫的要點，以下我們便從個人編寫的
立場出發，探討「觀念與選材」、「結構與衝突」、「語言與修辭」等幾
個面向。

㈠觀念與選材

　　陳亞先在談創作時特別強調「觀念」，創作即是「用形象說觀念
而不是用觀念說觀念」。（《戲曲編劇淺談》，以下同）當作者創作
時心中會有一個「觀念」，或孤寂、或思念、或幸福、或等待、或瀟
灑、或吝嗇，劇作家通過故事將這些「觀念」表現出來，而不是如辭
典般解釋名詞。當形象性的傳達觀念時，便容易與觀眾共鳴。因此，
從今天起，當我們身處在深刻的情緒漩渦中時（無論是由閱讀過程或
生命經驗而來），記得提醒自己用理性思維記錄下那個情感片刻，它
將成為創作時的「觀念」，也可以真正和自己共鳴。

　　當劇作家心中有了「觀念」，便要選擇材料，材料應從何處來
呢？鄭懷興舉出三個方向：「於生活中所得的素材」、「於歷史及傳
聞中所得的素材」、「傳統劇目的重新提煉」。雖然鄭懷興此說主要
針對戲曲，但事實上這三個方向也適用於現代戲劇。

　　「於生活中所得的素材」，指從現實生活中取材，如《京劇啟示
錄》的故事便是源於李國修與父親的生活經驗。每個人都會有其個別
的生活經驗，生活經驗也會引觸不同的感受，這些感受可以編為現代
戲劇，當然也可以編為古代戲曲。

　　「於歷史及傳聞中所得的素材」，從歷史故事或民間傳說中取

材，像陳亞先的《曹操與楊修》就是源於三國故事，國光劇團的《廖添丁》、《媽祖》則是取材臺灣民間傳說。這類的例子相當多，也是相對容易入手的方向。

「傳統劇目的重新提煉」，從既有劇目改編，不只是出現在戲曲，許多現代戲劇也取材自此。如前述之《荷珠新配》改編自《荷珠配》，又如表演工作坊的《這一夜，誰來說相聲？》中「四郎探親」的段子，即是改編自京劇中的〈四郎探母〉。現代戲劇除了向戲曲取材，也可以通過國外經典劇目的改造，重新賦予生命；戲曲亦同，如臺灣豫劇團兩度改編莎士比亞名劇，《約／束》改編自 *The Merchant of Venice*、《量／度》改編自 *Measure for Measure*，成功挑戰跨文化的融合。

「觀念」與「選材」是劇本創作的第一步，先有感人動己的情感、念想，再選擇適宜的故事題材進行改編或原創。

㈡結構與衝突

當觀念與題材確定後，便進一步進入原創或改編故事的過程，也就是情節安排。劇本創作的第二步便是安排情節、設定結構、營造衝突，讓故事在合理性中推動，又具備讓觀眾目不轉睛的吸引力。所以冷熱場的調劑、文武場的搭配、包袱的安排與抖出都是在此階段進行構思。

陳亞先在結構上提出了從「佳構劇」到「非佳構劇」的結構思考，他將佳構劇下了定義：

> 「佳構」即最佳結構的意思。也就是說劇本情節編得滴溜溜圓，來龍去脈、前因後果十分清楚，並且調動很多常用的戲劇手段，不厭其煩地使用誤會、巧合、發現等辦法，大因果套著小因果，巧中巧，錯中錯，最後歸到一個結局上，讓故事情節變得嚴絲合縫，針插不進，水潑不進。

> 「佳構劇」精密的構思，並且運用巧合、偶然，讓戲劇充滿張

力，但是久而久之也會讓觀眾覺得厭倦，因此劇作家開始創作「非佳構劇」。

為此陳亞先提出「開放式」、「閉鎖式」與「冰糖葫蘆式」三種結構。「開放式」指有意避免巧合、偶然，減弱故事化、戲劇化，使劇作更貼近生活，但故事的時間、因果、脈絡仍然清楚明白，按部就班的敘述。「閉鎖式」指先切入故事的衝突，而在劇情推展過程中再行交代故事前因。「冰糖葫蘆式」則是放棄因果，將故事中的各個情節或事件並列，有如冰糖葫蘆一般。

但以上三種皆以情節為單位，只是連結方式不同，但真正在敘寫情節時，又有粗細不同，「送別」可以是簡單的幾句對話，也可以是一場委婉難捨、扣人心弦的「戲」；「孤寂」可以是夜來幾句自吟，也可以是一場兩個孤單的人在隔空對話。如何掌握情感、鋪陳情節，便是劇作家功力所在。

在構思結構時，也需要安排衝突。衝突是每個人生活經驗中都會遇到的，只是如何經營安排，讓衝突合理而又強烈驚人，便是劇作家的匠心所在。王鼎鈞曾經說過：「衝突最為重要，衝突推動事件使戲劇情節向前發展。」（《文學種籽‧戲劇》）但衝突的內涵究竟為何呢？

陳亞先曾歸納出六種衝突類型，可以提供我們參考，包括：「事件引發的衝突」、「性格衝突」、「人物自身矛盾的衝突」、「聲東擊西的衝突」、「個體與群體的衝突」、「文化層面的衝突」。這六種類型已可涵蓋大多數衝突表現，但如何呈現細節、如何安排，還是需要劇作家的匠心營運。

通過埋伏線索以「蓄勢」，可讓衝突爆發時更有震撼力。陳亞先定義「蓄勢」為：戲劇在情節中蓄積力量形成一種情勢，蓄積滿溢一次爆發，在起、承、轉、合的起、承蓄積，在轉時爆發達到高潮，因此情節必須緊緊相扣。「蓄勢」強調的是故事情節的「動」，通過某種動力推動劇情、營造氣氛、製造高潮，而爆發即是衝突的揭露。

(三)語言與修辭

語言修辭便是劇本創作的第三步，當「觀念與選材」、「結構與衝突」都妥當安排後，便是以合宜的語言進行人物塑造、情志表達，並以幽默機趣的語言吸引觀眾。

現代戲劇與戲曲是兩種不同的表演形式，所使用的語言也大相逕庭。現代戲劇的語言並沒有一定的規制或要求，在《荷珠新配》後，許多劇作家也開始呼籲以本土語言進行創作，無論是客語、臺語、原住民語言皆是，時至今日這部分已經獲得相當成果，《四月望雨》、《渭水春風》、《我是油彩的化身》……等等都不是以國語作為主要語言，或客語、臺語、日語，展現現代戲劇語言的多樣化。至於戲曲方面，由於聲腔的限制、傳統的束縛，因此語言較為受限，如京劇使用國語、歌仔戲使用臺語皆較難改變。不過仍有人嘗試改變，如近年來布袋戲進軍大陸時，便將臺詞轉為國語，但評價褒貶不一，這方面仍有待突破。

現代戲劇與戲曲在修辭上亦有很大差異，戲曲是一種古典精緻藝術，需要唱詞與賓白；現代戲劇則較貼近現代生活經驗，可以合歌，也可以純對話，自由度較高。戲曲的詞文書寫需要深厚的文學修養，因此嫻熟古典詩詞曲與傳統文化為必備條件，有了以上基礎，方能進一步談曲文唱詞的情境安排、抒情寫景與賓白的機趣。

現代戲劇的修辭雖然沒有戲曲的古典藝術特徵，但在刻畫人物內心、展現時代特徵、傳達思想意旨以及善用機趣詼諧等方面則是相同的。然而，值得注意的是戲劇是演出的，是口語表達的藝術，所以說出的話必須讓觀眾一聽即懂，因此創作時運用貼近觀眾的語言與修辭是重要的原則。

(四)創意與演出──讓我們一起讀劇吧！

「讀劇」是演出前必要過程，演員們對詞就是一種讀劇。事實上，戲劇雖然以演出為主，但劇本書寫在紙上時，即成為一種讀本，

也可供閱讀。流傳至今的元雜劇、明傳奇也多成為經典讀本。但此處所說的「讀劇」，不單只是閱讀，更是朗讀，將劇本文字唸出來。在朗讀的過程中，可以一人獨唸，或每人分飾一角；可以走位，或靜坐一隅；可以搭配音樂，也可以純粹口讀。

　　在讀劇的過程中，演員可以更瞭解角色，導演與劇作家則可以通過演員的讀劇，察覺可加強、可補充的地方。如果想要學習編劇，讀劇更是入門的捷徑，無論是現代戲劇或是戲曲，通過閱讀與朗讀不但可以深入理解劇作、體會細節與情緒，更可以從中觸發創作靈感。我們可以試著一同讀劇吧！從中尋找改編、新創的點子！

四、練習單元

1. 編劇練習：請列舉出目前心中最重要的十二項具體之「事」、「物」、「地」等要素（至少各一），並由教師指定某一核心情緒（孤單、冷落、消極、情愛……）。後進一步以第一人稱「我」為主角，將此十二項要素、一個核心情緒及自由添加之角色若干加以結合，以進行短劇編寫，十二項要素需全部納入所編寫的劇本之中。
2. 讀劇練習：請於課堂交換劇本，將自己所寫之劇本交由另一人進行讀劇演示，並從中比較、思考讀劇者是否演繹出自己編劇時的情感，是否能夠讀出現階段自身生命中最重要的部分。

第三章
電影與語文表達

許維萍

　　電影是一種媒介，是一種語言，也是一門情感溝通的藝術。

　　一部成功的電影，無論是以商業掛帥或以藝術為考量，都必須與觀眾有很好的交流；利用電影為媒介，為觀眾講述一個故事，通過故事和觀眾進行心靈的溝通。溝通如果做得好，電影人的想法或理念就可以清楚的被傳遞——不論創作的初衷是為了充分的表達自我，或者是為了引起共鳴——而這是一部電影所以能成功的重要基礎。

　　集聲光效果、畫面於一身的電影，既可以說是一種圖像的文學，也可以說是一種有聲的圖像。透過語言的描述、音樂的渲染、圖畫的展示，抽象的概念被具體化了，深奧的道理被簡單化了，枯燥的知識被趣味化了，它讓知識的傳播與接受道路更寬廣，讓人的多種感官同時被啟動，它傳遞著導演試圖建構的世界，透過編劇、攝影、音效、道具與剪接，憑著直觀，人們解讀或分享一種共同或迥異的經驗與記憶；在觀看的過程中，人人可以展開與自己的對話，因此它也可以說是語言表達的另種特殊形式。

　　電影所以普遍受歡迎，除了來自它的通俗性，也因它往往反映了真實的人生。所謂，「戲如人生，人生如戲」。電影中呈現的愛恨情仇，常常是真實人生的縮影，人們在劇中人的悲喜中看見自己的悲喜，在虛擬或真實的故事中聽見或看見自己生命的軌跡；它承載著大千世界的歡樂與哀愁，也搭建起識與不識的人們情感交流的管道，因此它也是一門情感溝通的藝術。

　　作為一種媒介，電影既然可以建立起編劇、導演與觀眾間知識與感情的橋梁，一般人又如何利用這種趣味性高，話題性強的素材，讓自己也能與他人展開更深入、更廣泛的對話與交流？

在語文表達的實境中，人最慣常談論，與最迫切需要學習的，是如何表述與自己有關的事物。例如表達自己的情緒、說明自己的家庭背景、成長經歷、特殊的興趣或喜好，以及表達對一件事情的看法。

表達自己的情緒之所以重要，是為了讓自己的情緒得以抒解，同時讓週遭的人可以更好的理解自己；描述自己的背景、成長經歷之所以重要，是因為在群體生活中，那是讓他人認識自己的起點。至於表達對一件事情的看法，是「展現自我」最直接的方式。因此以下的三個小節，便以此三個方向展開。

為了配合「中國語文能力表達」訓練的需求，也為了突顯不同時期，不同世代的電影流行文化反映的若干訊息，本章選定以下三部電影：㈠《梁山伯與祝英台》（The Love Eterne, 1963）；㈡《青梅竹馬》（Taipei Story, 1985）；㈢《不能沒有你》（No Puedo Vivir Sin Ti, 2009），配合以下三個主題：㈠對於一種情緒的表達；㈡對於一個城市的表述；㈢對於一個事件的看法，作為提升思考、加強語文表達能力訓練的開端。

一、對於一種情緒的表達

在語文表達訓練的各個主題中，人們最重要，也最迫切需要學習的是有關情緒的表達。造成一個人不快樂的原因很多，其中之一，常常是因為「愛你在心口難開」，是「你不懂我的傷悲」，是「快樂沒有人可以分享」，是「你不明白我為什麼生氣」。各種情緒無處發洩，或抒發之後卻無人理解，都可以讓一個人終日鬱鬱寡歡。

話題回到電影。很多人喜歡看電影，因為電影道盡了人的喜怒哀樂──真幻的交錯，時空的推移，人們被它吸引，樂此不疲，因為電影演出了人們不敢說、不能說、不會說的情緒。因此，人在觀看的過程中，可以得到很大的抒解；一群原本互不相識的人，卻也能夠因此而產生很大的共鳴。

電影中慣常出現的主題，與人的情緒有關的，以「愛」居多。至於其他情緒，像是「喜悅」、「憤怒」、「哀傷」、「快樂」、「憎惡」、

「仇恨」……，也常常藉著不同的故事，在電影中呈現。檢視近年來若干機構評選出的百年來「百大經典愛情電影」名單，可以發現：電影中表達「愛」的方式何止千百種，從地域來看，中西頗有差異，就時間而言，代代不盡相同。然而，從這些不乏重疊的經典名單中，卻又可以發現：迴腸盪氣的愛情，是可以超越種族，直入人心的。

相較於西方世界，華人對於情感的表達方式一向較為含蓄，但不同世代間，卻又可以看出些許的差異：六〇年代轟動全台的《梁山伯與祝英台》（The Love Eterne, 1963）、七〇年代盛極一時的瓊瑤電影系列、八、九〇年代新電影時期的《油麻菜籽》（Ah Fei, 1983）、《青梅竹馬》（Taipei Story, 1985）、《我這樣過了一生》（Kuei-mei, a Woman, 1985）、《戀戀風塵》（Dust in the Wind, 1986）、《桂花巷》（Osman-thus Alley, 1987）、《愛情萬歲》（Vive L'Amour, 1994）……，世紀之交的《一一》（Yi Yi: A One and a Two, 2000）、跨世紀之後的《色，戒》（Lust, Caution, 2007）、《海角七號》（Cape No.7, 2008）、《非誠勿擾》（If You Are the One, 2008），一直到最近上演的《那一年，我們一起追的女孩》（You are the Apple of My Eye, 2011），都可看出不同年代對「心動」、「行動」的不同詮釋。

■ 梁山伯與祝英台

香港，122分鐘

導演：李翰祥　編劇：李翰祥

攝影：賀蘭山、戴嘉樂　剪輯：姜興隆

演員：樂蒂、凌波、李昆、任潔[1]

【簡介】

1963年夏，香港邵氏公司由李翰祥導演，凌波和樂蒂主演的黃梅調影片《梁山伯與祝英台》在臺上演，造成轟動。當時光是臺北市的

---

[1] 以下電影資料，均根據小野等撰，《光影的長河：影史百大經典華語電影》，臺北：田園城市文化事業有限公司，2011年10月。

「中國」、「遠東」、「國都」三家戲院，便連映62天，創下了162映天，930場，721,929人次，840萬元新臺幣的空前紀錄。[2]它不僅是臺灣一代人的美好記憶，締造萬人空巷的盛況，也帶動臺灣黃梅調風潮。在接下來的連續四年間，電影排行版上前十名，皆是黃梅調類型的電影。堪稱臺灣電影史上的傳奇。[3]

　　梁山伯與祝英台的故事，原本只是和《白蛇傳》、《孟姜女》、《牛郎織女》並列的中國四大民間故事之一。這個傳說最早產生的時間約在東晉，地點則在浙東一帶。故事是說上虞的祝家有個女兒英台，女扮男裝和來自會稽的梁山伯在學校一起讀書。書讀一半，英台因家中有事先行返家；二年後，山伯前往探視，方知她是女兒身，於是，悵然若失。回到家後稟告父母，請求父母首肯，至英台家下聘。誰知英台早已許配給馬氏。梁山伯後來當上了鄞縣的縣令，不久卻因病而死，埋葬在鄮城。英台要下嫁馬氏之日，船經過梁山伯的墓所，無論風浪再怎麼大，船都無法前進。細問之下才知該處為梁山伯葬身之處。祝英台於是臨墓痛哭，哀慟欲絕。就在此時，地忽然自動裂了開來。祝英台於是縱身一跳，遂與山伯一起合葬。[4]

　　電影版裡的祝英台，貌美、聰慧，是個傳統禮教下的奇女子。跟故事的原型一樣，她獨排眾議，堅持進學堂讀書，而且在課堂上認真學習，不但勇於指出梁山伯（或孔子）「唯女子與小人難養也」的觀念是錯誤的，還主動求愛，要求師母替她做媒。並且在十八相送過程中一再暗示，試圖向梁山伯表明心跡。即使後來她不敢違背父命答應嫁給馬文才，但最終仍是自跳入墳，但求與梁山伯「死同穴」，可以說是一個勇

2　陳飛寶，《臺灣電影史話》（修訂本），北京：中國電影出版社，2008年9月，頁131。

3　徐樂眉，《百年臺灣電影史》，新北市：揚智文化事業股份有限公司，2012年1月，頁107。

4　改寫自（唐）張讀，《宣室志》，北京：中華書局，1983年12月。原文為：「英台，上虞祝氏女，偽為男裝遊學，與會稽梁山伯者同肄業。山伯，字處仁。祝先歸，二年，山伯訪之，方知其為女子，悵然如有所失。告其父母求聘，而祝氏已字（事）馬氏子矣。山伯後為鄞令，病死，葬鄮城西。祝適馬氏，舟過墓所，風濤不能進。問知有山伯墓，祝登號慟，地忽自裂陷，祝氏遂並埋焉。」

於顛覆傳統的女性。

　　梁山伯在電影中被塑造成不識情慾，不解風情的純真少年。面對英台的百般提點，他始終無法領會。一直到英台返家，才初嚐相思之苦。可惜懵懂的少年郎沒能分辨自己的情慾——害的明明是相思病，卻對師母辯稱是因為想家。一直到師母告之英台是個女兒身，梁山伯的病才因此不藥而癒。

　　梁祝的傳說從東晉開始流傳，歷經唐、宋、元、明、清的發展，逐漸定型，在戲劇中屢屢作為腳本，情節卻又有許多鋪陳（例如有些戲劇在祝英台女扮男裝求學之前，添加與嫂子打賭的橋段、同樣是馬家下聘，有的戲劇還有醜陋的媒婆登場[5]……）——從崑曲、越劇、川劇、京劇、豫劇……甚至歌仔戲、電視劇、舞臺劇……，而且光是電影就有好幾個版本，[6]卻沒有一種版本，像凌波版的故事如此風靡，箇中原因，頗堪玩味。

　　在男女平權的時代，回看電影《梁祝》的細節，固然有許多不盡合理之處，但如果思及那其實是一個相對保守的年代，那麼無數影迷的為之瘋狂，似乎又可以理解。為了追求知識，改變妝容隱藏身分；為了所愛，努力爭取婚姻自主（縱使後來失敗了），這是祝英台最令人津津樂道之處；至於梁山伯的部分，真實世界中女扮男裝的凌波，扮相清麗，瀟灑中有著一種男性所少有的細緻與溫柔；至於故事發展的主軸與角色的安排，顛鸞倒鳳的曖昧增添了想像的空間，在一男一女相戀的慣常模式中提供了不同的趣味與思索，因此，即便二人同窗數載，情誼深厚到數次同榻，卻絲毫沒有露出破綻，頗難令人置信，但顯然觀眾並不在乎細節，散戲後，據說許多女影迷對女扮男裝的凌波也有類似今日粉絲瘋狂追星的行為。在同性婚戀受到全球關注的今天，這是另一個可以探討的議題。

5　參關王蓉，〈梁祝傳說的源起及流傳演變軌跡探析〉，《現代交際》，第2010年第4期，2010年4月，頁57。

6　參見何瑞珠，〈梁山伯與祝英台〉，收入小野等撰，《光影的長河：影史百大經典華語電影》，頁64。

【問題與討論】

1. 從現代的眼光來看，你如何解讀《梁山伯與祝英台》的故事？在表達情感的方法上，你對梁山伯與祝英台各有怎樣的看法？

2. 對於六○年代《梁祝》造成的轟動，你有怎樣的看法與理解？

3. 在你所看過的愛情浪漫電影中，那一部表情達意的方式最讓你印象深刻？你能不能具體說出他們的優缺點？

4. 真實生活中如果遇到心儀的對象，你要如何表達心裡的愛慕？請在書面及口語表達上，傳達你的真情與想法。

二、對於一座城市的表述

在敘述或剖析一個人的生命歷程時，「城市」往往可以是一個很好的憑藉：也許是出生的所在、成長或青春記憶的停泊處；可能是初入社會暫時棲身的中繼站；或者是成長後，決定安身立命的所歸……。在一成不變（或不斷變換）的一幕幕場景中，個人串連起他們的生命，也留下了常駐心頭，或清晰或模糊的軌跡。如果可以透過個人對一個生命中別具意義城市的具體描述，或許可呈現出一個人生命的歷程與樣貌，而這對於一個人瞭解自己，或協助他人認識自己，或許是有些助益的。

在各種「呈現城市」的方式中，電影無疑是一種最具趣味、最直接、最具體、也最可以提供多重角度思考的選擇。就像許多人對羅馬的認識，可能來自於電影《羅馬假期》（Roman Holiday, 1953）中女主角奧黛麗‧赫本（Audrey Hepbum）在羅馬的一日遊；未必去過紐約，卻知道紐約有座帝國大廈〔《金玉盟》（An Affair to Remember, 1957）及《西雅圖夜未眠》（Sleepless in Seattle, 1993）的場景〕；提到巴黎，《午夜巴黎》（Midnight in Paris, 2011）呈現的，即是凱旋門、艾菲爾鐵塔、羅浮宮和聖母院……；說到上海，有《傾城之戀》（Love in a Fallen City, 1984）、《花樣年華》（In the Mood for Love, 2000）、《色，戒》（Lust, Caution 2007）、《上海》（Shanghai, 2010）拼湊出的不同影像；還有《末代皇帝》（The Last Emperor, 1987）、《手機》（Cell Phone, 2003）呈現的

新、舊北京；《重慶森林》（Chungking Express, 1994）中香港的都市叢林；《悲情城市》（A City of Sadness, 1989）裡的九份，《海角七號》裡的恆春，以及《風櫃來的人》（The Boys from Fengkuei, 1983）中的高雄⋯⋯。不論是以「視覺」的或「觀念的」形態出現，「城市」都提供了電影創作重要的題材；而電影的普及與發展，也往往改變了城市文化的結構，[7]帶動了它的發展──即使它透過的是特定的眼所框架出來的特定景像，卻往往能讓眾人在集體觀看的過程中，因著不同的詮釋與幻想，展開各式各樣的交流與討論。

相較於其他城市在臺灣電影出現的頻率，臺北無疑是臺灣電影中最常出現的場景。從五〇年代到九〇年代，像是《王哥柳哥遊臺灣》（1958）、《街頭巷尾》（Our Neighbor, 1963）、《康丁遊臺北》（1969）、《家在臺北》（Home, Sweet Home, 1970）、《超級市民》（Super Citizen, 1985）、《青梅竹馬》（Taipei Story, 1985）、《青少年哪吒》（Rebels of The Neon God, 1992）、《超級大國民》（Chau ji da Kuo min, 1995）⋯⋯，乃至於晚近的《停車》（Parking, 2008）、《一頁臺北》（Au Revoir Taipei, 2010）⋯⋯，均記錄了不同時期、不同導演眼中形形色色的臺北。而在這麼多以臺北為背景的電影中，導演楊德昌（1947-2007）與臺北城市的關聯，是最受到矚目的。

和侯孝賢（1947-）同被視為八〇年代臺灣新電影運動的主要代表人物楊德昌，其電影的風格與侯孝賢迥異。兩個人的祖籍都是廣東梅縣，都在臺灣生活、長大，卻因性格不同，思考各異，拍攝風格也大異其趣。侯孝賢因《悲情城市》（A City of Sadness, 1989）在1989年獲得威尼斯影展的金獅獎而揚名國際，從此奠定了他國際電影大師的地位。而原本是電腦工程師出身的楊德昌，在赴美留學期間轉習電影後，1982年，與柯一正、張毅、陶德辰三位導演集體創作四段式電影《光陰的故事》（In Our Time, 1982）。因為該片在各方面的創新與嘗試，讓他與侯孝賢齊名，

7　關於電影與城市的關係，可參看陳曉雲，《電影城市：中國電影與城市文化（1990-2007）》，北京：中國電影出版社，2008年6月，頁2-3。

被視為「臺灣新電影」的重要先驅之一。楊德昌除了從1986年起,在金馬獎中屢屢締造佳績外,[8]2000年更以《一一》(Yi Yi: A One and a Two, 2000)拿下坎城影展的最佳導演獎,成為繼侯孝賢之後,又一受到國際肯定的臺灣導演。有人分析侯孝賢的作品,基調是鄉土的、傳統的、道德的,深得寫實之美;楊德昌的作品則是都市的、現代的、美學的,深得虛靈之美。[9]也有人認為,侯孝賢的電影客觀和歷史反思意味濃烈;感性、溫情、沁人心脾,詩化格局,楊德昌的電影則凌厲、理性、冷眼旁觀,對歷史和社會批判毫不留情。[10]但簡單的說,楊德昌以一個科技人的身分投身電影的拍攝,打破了科技和人文的界線,也因此,他的作品常有一種「冷」,「甚至有恨世的意味」。[11]

　　本節之所以選擇楊德昌的作品為討論素材,是因為楊德昌的電影幾乎都是以臺北城為背景,除了他凜厲的風格、縝密的結構,讓他的作品具有「前衛的歷史價值」外,主要是因為他的畫面構圖精緻,「擅長用長鏡頭和廣角鏡,在一個鏡頭內容納許多訊息」。[12]雖然楊德昌說,選擇拍攝臺北的原因,是因為「在臺北拍片,符合經濟效益,成本較低」,但其實也因為「這是他最瞭解的地方」。[13]

　　作為一個在臺北成長的「臺北人」[14],楊德昌呈現了他眼中熟悉的臺北。將近三十年之後,也在臺北求學的你,對於這些畫面與故事,是否也引發了你的若干聯想……。

8　1986年,《恐怖分子》,最佳影片;1991年,《牯嶺街少年殺人事件》,最佳影片,最佳劇本獎;1994年,《獨立時代》,最佳原著劇本獎。

9　曾昭旭,《現代人的夢》,《在愛中成長》,臺北:漢光文化事業股份有限公司,1987年6月,頁24。

10　陳飛寶編,《臺灣電影史話》(修訂本),頁418。

11　滕淑芬,〈走一條自己的路:楊德昌電影人生的《一一》告白〉,《光華雜誌舊文》,參見網址:http://tw.myblog.yahoo.com/jw!oo_HFriCAhhIXPbMPitPeUI-/article?mid=4178

12　陳飛寶編,《臺灣電影史話》(修訂本),頁425。

13　滕淑芬,〈走一條自己的路:楊德昌電影人生的《一一》告白〉,《光華雜誌舊文》,參見網址:http://tw.myblog.yahoo.com/jw!oo_HFriCAhhIXPbMPitPeUI-/article?mid=4178。

14　楊德昌生於上海,長於臺北,1965年畢業於建國中學,就成長地而言,堪稱現代人所定義的「臺北人」。

■ 青梅竹馬（Taipei Story, 1985）

臺灣，119分鐘

導演：楊德昌　編劇：楊德昌、朱天文、侯孝賢

演員：侯孝賢、蔡琴、吳念真、林秀玲、柯素雲、柯一正

【簡介】

　　1985年楊德昌執導的《青梅竹馬》，英文片名是「*Taipei Story*」。這意謂著電影要說的不只是一對青梅竹馬的愛情故事，而且是一個發生在臺北的故事。

　　少棒國手出身的阿隆退伍後在舊市區迪化街經營一家布店，青梅竹馬的女友阿貞則在新興的東區某建築公司當特別助理。對前途規劃的不同讓兩個人的感情似乎沒有前景。侯孝賢飾演的阿隆代表本土的一代，他待人處世仍舊執著於懷舊和傳統的模式，最常跟朋友去的地方是老式的卡拉OK；蔡琴飾演的阿貞則代表新的一代，她希望與阿隆結婚移民美國，最常和同事去的地方是美式酒吧。電影從阿貞與阿隆在一棟空屋裡規劃未來展開，在阿貞與女老闆於另一層空大樓裡計畫新公司而結束。除了足以呼應首尾的空間呈現，電影畫面中還出現了富士菲林的廣告牌、迪化老街帶有殖民地的老建築、陽明山上的一片漆黑等城市影像，藉著片中綿密展開的人際關係及蒼白的意像，楊德昌試著詮釋並批判八〇年代以臺北為主軸的臺灣社會轉型過程中發生的種種問題，特別是舊世代與新思維之間的衝突和兩難。

　　從阿隆、阿貞這對情侶所衍生出來的許多清楚的對立與對照，是導演在「臺北故事」中對於當代社會的觀察：像是語言的使用（國語／臺語）、城市的變化（迪化街／高樓大廈）、對原生家庭的包容與割裂、外來文化（美、日）的衝擊與刺激……。阿隆一直沉浸在昔日少棒的光榮裡，阿貞卻只是一心一意想移民到美國去。[15]一日相戀的兩個人隨著都市的發展漸漸的形成不同的文化與社會空間，在感情上一直若即

15　參閱塗翔文，〈青梅竹馬〉，收入小野等撰：《光影的長河：影史百大經典華語電影》，頁190。

若離，維繫他們關係的，似乎只是阿貞的寂寞與阿隆的念舊。片中幾個臺北車陣將二人分隔的場景，指出都市現代化似乎是造成二人無法結合的原因。而片尾受傷的阿隆，獨自坐在陽明山的路邊等待天明，似乎也暗示著阿隆所代表的臺北歷史與舊文化面臨被淘汰的命運。[16]

　　這是一個臺北新舊替換的故事。呈現的是一個電影人對於臺北在發展過程中衍生的諸多問題，最真誠的批判。

【問題與討論】

1. 你能不能具體描繪出你一生中對你最具特別意義的城市的形象？如果讓你試著來掌鏡、執筆或作畫，你會選擇怎樣的景點，做出怎樣的詮釋？

2. 在你來到臺北之前，對臺北的既定印象是什麼？實際在臺北生活後，你又有怎樣的觀察和體驗？

3. 你是否曾經透過電影觀看過不同時期不同詮釋者眼中的臺北？那些畫面中的空間與曾經出現過的人物，與你的生命是否有若干的連結？

三、對於一個事件的看法

　　　　每一張圖片，都可以是每一部電影的第一個鏡頭。

　　　　　　　　　　　　　──德國導演溫德斯（Wim Wenders）

㈠電影的靈魂──「故事」的來源：歷史、文學與新聞事件

　　電影是在平面的圖像基礎上發展起來的一門藝術。法國符號學家克里斯蒂安·麥茨（Christian Metz）（1931-1993）曾經指出：「沒有戲劇性，沒有虛構，沒有故事，就沒有影片。」[17]因此，不論演員的

16　參閱林文淇，〈三十年來臺灣電影中臺北的呈現〉，收入陳儒修、廖金鳳編：《尋找電影中的臺北》，臺北：萬象圖書有限公司，1995年。網址http://www.ncu.edu.tw/~wenchi/review/taipei.html/。

17　克里斯蒂安·麥茨原著，李恆基、王蔚譯，〈現代電影與敘事性〉（上），《世界電影》，1986

容貌如何出眾、演技如何精湛、服裝的設計如何精巧、音樂的配置如何恰當，如果沒有一個很好的「故事」，是沒有辦法撐起一部精彩的電影的。「故事」的來源可以是虛構的，可以來自歷史，也可以來自小說，當然，也可以來自新聞事件。虛擬的故事天馬行空，沒有與真實世界相互印證的必要，因此，只要情節安排合情合理，在編排時就有較大的揮灑空間。改編自歷史或小說的電影則有一定的限制：是否忠於史實，能否掌握小說的真精神……，依違信史之間，總有更多的考量。而所謂新聞事件，則是記者對當下社會生活的記錄。它必須透過實地的瞭解和觀察，客觀的呈現某個社會現實跟社會現象發生的過程，它既來自社會生活又必須忠於社會生活。而改編自社會新聞的電影，則是這類新聞的再創造；新聞成為編導手中的素材，透過他們的知識結構、審美價值及對藝術的理解和詮釋，電影再現了新聞事件的場景，演繹了現實人物的真實故事，不論是否達到警醒或啟迪世人的目的，它都傳達了編導對一個事件的看法，是對當下社會生活意見表達的具體呈現。

㈡歷史事件、當代生活與新聞事件在臺灣電影中的呈現

臺灣電影的發展，在經過「新電影運動」的洗禮、跨世紀之後，有了更多元的面貌。有別於過去的師徒制，新生代的電影人從不同的領域，陸續投入電影圈，讓新世代的電影，不再只是言不及義的虛假，而是試圖更貼近本土歷史、文化、社會現象，掌握時代的脈動。例如《無米樂》（Let it Be, 2005）中的稻農與種稻文化問題；《翻滾吧！男孩》（Jump! Boys, 2005）的體育與教育的問題；《刺青》（Spider Lilies, 2007）中反應虛擬愛情的網路交友；《練習曲》（Island Etude, 2007）呈現社會多元的面向與寶島之美；《流浪神狗人》（God Man Dog, 2007）中的遊民、神像、流浪狗、原住民；《海角

年第2期，頁14。原文出自克里斯蒂安・麥茨撰，《散論電影表意》第一卷，巴黎：克蘭克薩克出版社，1978年。

七號》（Cape No. 7, 2008）中的阿嘉，失業後回到恆春擔任郵差，呼應了2008年金融海嘯的百業蕭條；《九降風》（Winds of September, 2008）反映的臺灣職業棒球史上的簽賭案；《情非得已之生存之道》（What On Earth Have I Done Wrong, 2008）所挖苦或嘲諷的電影圈及政治社會等亂象；《臺北星期天》（Pinoy Sunday, 2010）涉及的外勞問題；《賽德克・巴萊》（Seediq Bale, 2011）講述的賽德克原住民莫那魯道率領族人抗日事件的始末……。[18]這些臺灣新電影的聲音，或者更貼近本土文化，或者更關心群眾的生活，它們不再只是風花雪月的虛無飄渺，也不純粹只是提供娛樂，它們有著更富豐的人文思索，更重要的是，它們更強烈的傳達個人的想法，透過不同的方式，努力替弱勢族群發聲。

㈢敘事手法與電影

　　從敘事學的角度來看，「敘事」所看重的並不是故事所講述的內容，而是如何被講述出來。從語文表達訓練的角度來看，電影所能提供的，是藉由觀察、分析電影的敘事手法，作為「表達對一個事件的看法」時的參考。

1. 《賽德克・巴萊》與霧社事件

編劇：where，八分鐘

【簡介】

　　2011年備受矚目的《賽德克・巴萊》，基本上講的是無數個英勇戰士為了保衛家園而奮力抵抗強勢入侵者的故事。這部以霧社事件[19]為藍圖的電影，涉及到原住民部落與日本帝國主義之間的戰爭，文明與野蠻之間的衝突，現代化與宗族的覺醒意識之間的矛盾，還有賽德克人明知不可為而為等看似簡單，實則複雜的歷史邏輯。而一樣是以霧社事件為

18　徐樂眉，《百年臺灣電影史》，頁203。
19　是1930年發生在，臺灣受日本統治時期發生在，臺中州能高郡霧社（今屬南投仁愛鄉）的抗日行動。

梗概，2004年臺灣公共電視製作團隊以導演萬仁改編自報導文學作家鄧相揚原著小說《風中緋櫻——霧社事件》作為同名製播的電視連續劇，其切入角度便與《賽德克・巴萊》有所不同。撇開兩劇在造型、服裝、聲音、配樂以及搭景上的技術面不論，《風中緋櫻——霧社事件》也許因經費的不足，並沒有足夠的賽德克族人參與拍片，因此採用漢語發音；而《賽德克・巴萊》則因導演魏德聖對電影的堅持，所有演員必須學習賽德克語當臺詞。有評論者認為，[20]如果《賽德克・巴萊》呈現的是莫那魯道與族中戰士們在日本殖民者壓迫下堅持捍衛賽德克文明的男性（英雄）視角，那麼《風中緋櫻——霧社事件》似乎便偏向霧社事件遺族——高山初子追憶昔日族人面對外來文化衝突與掙扎的女性（倖存者）觀點。也有評論者認為，[21]《賽德克・巴萊》試圖「重建一個早已失落的時空、文化與人群」，雖然面對「把獵取人頭當成一種成年必經的儀式」（所謂「出草」）的文化，電影沒能講述清楚，但是「電影也沒有美化這群人」，把他們定義為「某種失落的美好」，或「高貴的野蠻」，而只是平淡描寫那段原住民歷史中發生的事情——部落間的累世恩怨與相互攻殺僅是陳述而不加渲染與責難，他們只是守護自己的領域，或說是自己的生活方式——不論是敵對部落、漢人還是日本人，只要是侵入獵場，就是死路一條。「原始部落沒有被美化，而代表文明的日本人也沒有被刻意醜化」。

(1)臺灣電影中的反日及親日情結

在日本帝國主義肆虐的歷史記憶中，不少臺灣電影出現了「反日」的情緒。從早期拍攝的抗日電影，像是《英烈千秋》（The Everlasting Glory, 1974）、《八百壯士》（Eight Hundred Heroes, 1976）、《梅花》（Victory, 1976）、《筧橋英烈傳》（Heroes of the Eastern Skies, 1977），對於日本人的暴行，都有大篇幅的呈現

---

20 李志銘，〈用清澈的目光，不帶偏見地去看待歷史：電影《賽德克・巴萊》雜感〉，《鹽分地帶文學》，第36期，2011年10月，頁73-77。

21 鄭秉泓，〈前路艱辛，我走此路：《賽德克・巴萊》（上）太陽旗〉，《開眼e週報》，vol.310，網址：HTTP://eweekly.atmovies.com.tw/Data/310/33105107（2012年8月5日）。

——例如《英烈千秋》中日本人對中國平民的殘殺手段；《八百壯士》中的謝晉元將軍、《筧僑英烈傳》中的普通戰士高志航，或被極力刻畫對日本人的仇恨，或被歌頌他們為驅逐日本人，在艱難條件下自強不息的抗爭精神。在外交受挫的時代氛圍中，不但凝聚了舉國上下團結的意識，對日本帝國的入侵，更有著強烈的憎惡與仇視。1945年日本戰敗後，臺灣雖然在政治上脫離了日本的殖民統治，但在經濟上卻依然受制於日本。一九八〇年代的《兒子的大玩偶》（The Sandwich Man, 1983）《小琪的那頂帽子》，就反映了日本經濟滲透臺灣造成的負面影響。而根據黃春明同名小說改編的《莎喲娜拉・再見》（Sayonara Good Bye, 1987），則藉由主要人物譴責了媚外的知識分子，雖與「抗日電影」直接揭示的「愛國情操」有所不同，但對日本客戶赴礁溪溫泉的惡行惡狀，仍有相當強烈的嘲諷。

與「反日」情緒恰恰相反的則是「親日」情結。日本對臺灣的殖民統治雖然激起臺灣人民的反彈，但不可否認的是，五十年來的統治，對臺灣人也產生了不可磨滅的影響，甚至引發了部分臺灣人的親日情結，這在近年來的臺灣電影中屢有呈現。1987年的《稻草人》（Strawman），訴說的是日本統治時期臺灣農村的故事。主人翁阿發、闊嘴兩兄弟身為社會最底層的佃農，為了求生存，時而想盡辦法討好日本軍官，然而逃得過兵役的徵召，卻面臨更多生活中的難關。影片中貧窮的小人物面對日本政府的統治，不是採取激烈的手段與之抗爭，相反的，為了養活一家人，甚至有些如今看來相當荒謬的舉措。導演王童透過許多令人發噱的情節，反映出那樣的年代，身為殖民地的人民的悲哀，在看似嬉笑的喜劇背後，其實隱含著對當時政經環境的控訴。相對而言，2006年《練習曲》中一小段看似淒美的愛情故事，反映的則是新世代導演在面臨與日本有關的題材時，心情與態度的轉變。

2007年掀起臺灣一陣騎單車環島熱潮的《練習曲》中，有一小段

鏡頭講述「莎韻之鐘」的故事。在這個片段中，觀眾看到一個原住民女孩含情脈脈地注視著自己的日本老師。這段鏡頭之後，接了一段十分抒情的鏡頭：夕陽下，一排老太太虔誠的唱著日本歌〈莎韻之歌〉，伴隨著歌聲，鏡頭緩緩搖向宜蘭美麗的景色。也許導演陳懷恩在拍攝這部電影時，目的在記錄臺灣的地方風俗、旅遊觀光，因此在處理這個情節時，只著眼於男女相戀的美感，然而細究「沙韻之鐘」真實的歷史樣貌，卻是1938年發生在現今宜蘭縣蘇澳鎮南澳鄉之間的一場意外事件。一個原住民女子莎韻[22]為了替被徵召前往中國大陸參戰的日本警察田北正記搬運行李，途中不幸滑入水中落水而亡。這可以說是日本殖民統治臺灣發生的一起悲劇，但女子之死卻被日本政府高度地政治化；不但創作歌曲、鼓勵戲劇演出，宣揚少女自我犧牲奉獻的精神，更將日本女性既英勇又美麗的特性發揮的淋漓盡致，更與日本軍人勇於赴戰而英勇犧牲的精神悄悄連合，並在1942年由臺灣總督府資助，由當時知名導演清水弘執導，拍攝了電影《沙韻之鐘》（サヨンの鐘），鼓吹臺灣人民對日本的歸順。[23]時隔多年，《練習曲》在拍攝這個題材時，沿用了日本官方對這個事件的說法，將一個事實上發生在被殖民者身上的歷史悲劇美化成一個為愛送行的淒美愛情故事。或許導演的初衷，未必如某些評論者所言：「該劇似乎想透過歌聲，喚起大眾對那段歷史的美好回憶。」[24]，但顯而易見的是，滿腔激憤的抗日情緒在2000年以後的臺灣電影中已經逐漸被淡化了，代之而起的是——2004年《經過》中俊的父親對臺灣的眷戀；2008年《海角七號》中阿嘉與

---

[22] 亦有稱為莎勇（周婉窈）、「沙鴦」（田玉文等）者，由於其原住民拼音近似「Sayun Hayun」，而當時日本以片假名「サヨン」稱呼，而根據宜蘭縣政府所興建之「莎韻橋」、「莎韻紀念公園」之名，是以以「莎韻」稱之。

[23] 參見周婉窈，《海行兮的年代》，臺北：允晨文化實業股份有限公司，2004年，及田玉文：〈鐘響五十年：從莎韻之鐘談影像中的原住民〉，《電影欣賞》，1994年，第12卷第3期，頁15-22。

[24] 參見趙春，〈臺灣電影中的日本情結〉，《山東藝術學院學報》，2010年第4期（總第115期），頁56-62。

友子的友誼；2009年《對不起，我愛你》中兩個偶遇的臺日青年的
愛情故事……。從醜化到美化，從對立到和諧，歷史的宿怨在新世
代導演的鏡頭下，似乎有了全然不同的樣貌……。

⑵跳脫漢人思維的敘事觀點

觀看《賽德克‧巴萊》，很難不被畫面上毫不遮掩的血腥畫面震
攝。穿刺、斷頭、槍擊………，一群包括婦孺在內的日本人，被一
群賽德克人如狼群般地舉起了槍枝獵刀，進行一場鮮血的狂宴。在
這場屠殺裡，沒有日本人張牙舞爪的壓迫戲碼，沒有導演精心刻畫
的美感，沒有被扭曲的武打場面，也沒有感人落淚的袍澤情誼。
「有的只是『殺』！」評論家鄭秉泓這麼說。「一聲大喊下，就連
小孩子都拿起了刀劍竹槍，興奮地加入殺戮。」

「……留在原地的家眷紛紛和上戰場的男人揮手告別，她們的臉上
偶有擔憂，但大多數都是帶著驕傲而期待的神情……。」

電影顯然不是這樣處理。當開始血祭的男人們興奮地準備殺下山
時，女人們只是漠然地、臉色凝重地看著他們。這時候，一個老婦
人在運動會屠殺的現場，大聲質問：「你們在幹什麼啊？！」老婦
人的質問不但問出了每個被留在部落的女人心中的疑問，同時也問
出了每個觀影者心中的疑惑：「為什麼非要殺成這樣不可？」「這
樣還配做勇士嗎？」

當然，這其中涉及到出草的習俗，以及賽德克人與日本人間經年的
仇恨。即使暫且撇開這些不論，這些在被刻意美化的電影中鮮少看
見的屠村影像，事實上只是反映了人類史上相互殺戮的實質，以及
那些被塑造出的英雄或勇士影像背後，最真實的殘酷。

從「屠殺」到「抗日」，《賽德克‧巴萊》在處理這些議題時，顯
然沒有陷入善／惡對立的簡單邏輯中──例如加強日本人的迫害印
象，把原住民塑造成悲劇英雄，進而把後續「出草」（獵取人頭當
成一種成年必經的儀式）的暴力合理化。它只是試圖帶領觀眾進入
賽德克族人的世界，即使那跟我們的道德價值有著不少的衝突──

賽德克族人對信仰和對彩虹世界的嚮往，直接影響了在世的言行。狩獵、出草、血祭祖靈，是原住民青年的成人禮。只有驍勇善戰的戰士才配紋臉，臉上紋了圖騰，才配在死後通過彩虹橋到祖靈的家。日本人對臺灣的殖民統治，引進了「文明」，但是郵局或是銀行這樣的文明對原住民沒有意義。原住民失去了獵場，傳統及信仰漸漸受到動搖。於是，對賽德克族而言，是活在當下的苟延重要？還是反抗傳統奪回種族的尊嚴重要？霧社事件之後，有頭目不肯參與免遭滅族之禍，也是這種生死選擇的矛盾。魏德聖放棄了最容易討人歡心、最容易讓人看懂的戲劇手法，以更微妙的處境，更複雜的人物性格來說故事。全劇中沒有好人、壞人，觀眾的視點甚至不斷在原住民與日本人之間轉移，教我們看到了不同人物的限制與苦衷。[25]

2.失業的單親父親的悲歌與《不能沒有你》

《不能沒有你》（No Puedo Vivir Sin Ti, 2009）

臺灣，92分鐘

編劇：戴立忍，陳文彬　　演員：陳文彬、趙祐萱、林志儒

導演：戴立忍

【簡介】

　　2009年金馬獎的頒獎典禮上，當《不能沒有你》的導演戴立忍從李安、侯孝賢、關錦鵬、杜琪峰的手中接獲最佳導演獎，同時獲得角逐奧斯卡最佳外語片的機會時，這意謂著臺灣新生代的電影在國片沉寂了好一段時間之後，又有了新的契機。

　　對於臺灣電影來說，《不能沒有你》堪稱是一個異數。它是一部與父愛有關的故事，卻又不只是純然宣揚父愛。

25　參見家明，〈《賽德克‧巴萊》：非一般的血肉史詩〉，《明報‧星期日生活》，2011年10月30日。

　　事實上，涉及父愛的臺灣電影為數不少，李安的「父親三部曲」：《推手》（Pushing Hands, 1991）、《喜宴》（The Wedding Banquet, 1993）、《飲食男女》（Eat Deink Man Woan, 1994），就從東西方文化衝突的角度，詮釋了中國傳統的父親。《推手》中的老朱，是一個七十高齡從北京來到紐約依靠兒子的父親。他雖然人在紐約，卻依然喜愛太極推手、氣功、圍棋、書法、京劇等中國傳統文化。因著文化的差異，娶了洋人為妻的兒子曉生在文化夾縫中陷入兩難。到後來，老父親雖然努力要維持其作為東方人的文化自尊，和作為父親的尊嚴，但身處異國他鄉，卻不斷受挫、不斷妥協。最後，他只能選擇逃避，黯然離開兒子的家而出走。《喜宴》中的父親高老先生，則是有個思想基本上已經被西方思想同化了的同性戀兒子。他與兒子的衝突不僅根源於東西方文化在對待同性戀這件事情上的差異，而且也體現在對婚禮的不同看法上。身為父親的高老先生只在乎兒媳能不能「傳宗接代」，至於兒子有沒有愛情，反倒是次要的。電影的最後一個鏡頭是老父親在機場接受安全檢查時的高舉雙臂。從意象來說，頗有老父向西方文化妥協的意味。至於《飲食男女》，則是以當下的臺灣社會為空間背景，透過一個父親與三個女兒的家庭，從一日三餐和戀愛、家庭等瑣事，對中國文化進行一番深入細緻而又饒有趣味的觀察。三部片子的父親都由郎雄飾演，他是唯一貫穿這三部片子每一篇章的重要人物，在一定程度上，可以視為中國傳統文化的人格化符號。[26]相對而言，以導演吳念真的礦工父親一生為藍圖的《多桑》（A Borrowed Life, 1994），反映的則是生長於日本殖民時期臺灣父親的影像。總是自稱自己出生在「昭和四年」的「多桑」[27]，一輩子最大的心願是去日本看富士山和皇宮，他是那個時代許多臺灣男人的縮影：陽剛，對妻、對子的愛似有若無，他們的愛從不說出口，終其一生，對自己的身分和文化歸屬始終都不明不白。張作驥導

---

[26] 有關於這三部片父親形象的分析，可以參看孫慰川：《當代臺灣電影》（1949-2007），北京：中國廣播電視出版社，2008年1月，頁133-134。

[27] 日語「父親」之意。

演的近期作品：《爸，你好嗎？》（How Are You, Dad?, 2009）則是另一種嘗試。片中試圖透過一些小故事，重新詮釋朱自清的《背影》。至於年代久遠些的《搭錯車》（Papa, Can You Hear Me Sing?, 1983），講述的則是一個退伍老兵啞叔與一個棄嬰阿美之間超越血緣關係的父女親情。還有《河流》（Run for Me, 1997）中孤獨、寂寞，難以抑制對同性情慾乃至於在三溫暖的暗室中意外與兒子亂倫的父親；《陽陽》（Yang Yang, 2009）中缺席的法國生父，………[28]。這些林林總總的故事，形塑了數十年來臺灣電影的父親形象。但不論是有象徵中國傳統文化一方的郎雄、本土味十足的蔡振南、精湛詮釋老兵的孫越，或是挑戰傳統的禁忌，與劇中兒子有一場亂倫戲的苗天，都是演員出身，或有過舞臺的表演經驗。唯獨《不能沒有你》的主要角色，啓用了素人演員陳文彬飾演無助的父親，而他同時也是這齣電影的編劇。

　除了採用素人演員外，《不能沒有你的》的特殊之處，在於全劇採用一種單調的黑白色調，在許多導演極力追求唯美畫面的今天，是相當特立獨行的。據導演戴立忍說，這是一個貧窮的故事。為了不讓大量的油汙、髒、亂、生鏽的鐵等畫面，讓所謂一般中產階級不舒服的東西影響電影的內容與核心的情感價值，所以他選擇了黑白攝影這種能突顯電影特色的風格。除了在色彩上力求單一，本片在對白上也力求簡單，例如當父親帶著女兒去辦戶口被拒後回來和阿財商量，當父親和阿財說：「妹仔，去跟媽媽住吧。那樣就沒有那麼多的麻煩事了。」蹲在一旁的妹仔什麼也沒說，卻站起身來狠狠地推了父親一把，然後重新嘟著嘴瞪著父親蹲下。父親用摩托車載著她回家，到家時她卻沒有像往常一樣的下車，父親問時，她只是緊緊地抱住父親的腰，然後把臉埋在父親的後背上，久久不再出聲。這樣的鏡頭在電影的其他片段中也不時出現，例如父親每次潛水時，小女孩總是趴在船邊不發一語地定定往海裡看，儘管海水很深，她卻告訴父親：只要「一直看一直看一直看」，她

28　劉思韻，〈論當下臺灣電影對傳統父親形象的超越：以影片《不能沒有你》為例〉，《北京電影學院學報》，2010年第2期，頁106-108。

就能看見深海中的父親，等著他上岸。整體而言，《不能沒有你》的基調常常像是片中的小女孩——妹仔一樣的安靜。它的敘事或情感表達，主要是透過人物的動作或表情，觀眾必須仔細地觀看和體會，才能在那樣的含蓄隱忍中，感受到一種令人動容的力量。

　　本片講述的其實是一個關於弱勢者的故事。原劇改編自2003年一則發生在臺灣的社會事件。一個無照的潛水伕父親與七歲大的女兒相依為命，一直到女兒必須進入小學就讀，沒有監護權的父親為了替女兒報戶口，於是展開奔波。教育程度不高，又不懂法律規章的父親因此在政府機關中遊走，卻處處碰壁。他在求助無門的情況下，為了和女兒共同生活，只好採取抱著女兒在臺北車站的天橋上往下跳的激烈行徑……。

　　有別於楊德昌拍電影其實是對社會採取批判的態度，《不能沒有你》的導演戴立忍說，他希望藉著拍電影發揮一定的影響力，但是對他而言，不論是寫劇本、表演、導演，甚至剪接，都只是「搞清楚事情的過程」。「如果先入為主地帶著批判的態度，你就永遠看不到事情的真相」。[29]因此，《不能沒有你》這樣的一部片子，敘事的手法與目的，是試圖「還原事情的真相」。而為了客觀而中立的敘述一件事情的始末，戴立忍特別指出，基於他自己受過的戲劇訓練，他在拍攝影片的過程中，會盡量降低自己的觀感，以免剝奪觀眾思考的權利。也是因為這樣特異的手法，替這部片子贏得了2009年金馬獎的最佳導演獎、最佳劇本、最佳原著劇本、2009年臺北電影節劇情長片類百萬首獎、最佳男演員、最佳男配角、媒體推薦，以及年度臺灣傑出電影等八項大獎。

【問題與討論】

1. 面對所謂的衝突事件，你常常如何看待？你能不能透過簡單的分析、清楚的表述，試著說明整個事件發生的過程？

29　王玉燕，〈重現粗獷的生命力：《不能沒有你》導演戴立忍〉，收入林文淇、王玉燕主編，《臺灣電影的聲音》，臺北：書林出版有限公司，2010年5月，頁142-152。

2. 人在轉述的過程中，不免加入自己的觀點和評價。作爲一個聽眾，你在傾聽的同時，能不能釐清「事情的原委」與「事件的再造」這兩件事的差異？請以一部改編自歷史的電影爲例，提出你的觀察和感想。

3. 請試著用中立客觀的語言或文字，描述最近發生的一個新聞事件。

第四章
節奏與歌詞表達

羅雅純

導言

　　從全球華語文化趨勢觀看語言之應用，當代「中國風」流行歌曲、電影熱潮，都一再地證明傳統文化正以創意傳播而大放異彩。本單元「節奏與歌詞表達」，選以當代臺灣流行樂壇「中國風」歌詞為文本視域，探討從古典詩歌至今日的語言轉化，如何遞變成為音樂歌詞的創作。首先，略述古典詩歌的本質及節奏旋律；其次，尋繹詩歌的原理，探究現代音樂寓涵古典詩歌的韻律；再者，理解古典詩歌至當今「中國風」音樂結合的文化現象；最後，列舉臺灣流行樂壇「中國風」重要作品進行文學意涵分析。回顧這些歷史成因的脈絡，分析古今語言的轉變現象，「中國風」歌詞敘事模式如何援用古典詩歌應用於文化創意產業，語彙的轉化應用，此意義不僅可再現古典文學博大精深的價值，亦可寓教於樂，啟發當代文創應用智慧。

　　因此，本單元首先引導學習者藉由「中國風」實例鑑賞，聆聽中國小調、傳統五聲音階編曲及語彙之美，再從這仿古典詩詞詞意中進入古典文學的再認識，從詩歌的節奏音律，體驗中國人文「游於藝」的美感精神。再者，引導學習者開啟創作，由古典文學應用轉化，從而讓聖賢風範、詩歌文學融入生命。學習目標希望在理性與感性中提升學習者性情，從延伸閱讀啟發創作，以博古通今的創意展開歌詞寫作的新視野。最後，從這些語言的文化現象中，探討傳統文學與現代音樂編曲的結合，在傳統／現代文化視域上，思索這股「中國風」「援詩入詞」、「援詞入歌」新趨勢可否再創語言應用之可能。

一、古典詩歌的本質及節奏旋津

　　中國詩歌總集《詩經》就是詩的文學起源，乃至後代演變「樂府」、「唐詩」、「宋詞」、「元曲」，都證明中國是傳統詩樂的民族。《詩大序》：「詩者，志之所之也。在心為志，發言為詩。情動於中而形於言，言之不足故嗟嘆之，嗟嘆之不足故永歌之，永歌之不足，不知手之舞之足之蹈之也。」從「嗟嘆」、「永歌」、「手舞足蹈」以聲音、語言、肢體動作即清楚說明詩與音樂、歌舞的關係。詩的起源本與音樂歌舞結合，詩的本質不僅強調語言性，也強調節奏的可歌、可舞多重性，以語言表露情感，配合音樂舞蹈，創造詩歌韻律。詩歌反應了詩人對於天地宇宙、山川自然、風雲雨露、草木花果及國家社會情感，寓情而造文才有美善篇章。基於這些特質，詩人傳達抽象意念，抒發思想與情致，誠如《尚書‧虞典》所言：「詩言志，歌永言，聲依永，律和聲。」詩歌吟詠情性的概念，成了中國歌謠創作不可易的規律。孔子言：「六藝於治一也。《禮》以節人，《樂》以發和，《書》以道事，《詩》以達意，《易》以神化，《春秋》以道義。」[1]又曾言：「《詩》可以興，可以觀，可以群，可以怨。邇之事父，遠之事君，多識於鳥獸草木之名」[2]，更肯定「不學詩無以言」、「不學詩無以立」，足以見詩教陶冶心靈的重要性。

　　先秦之後，中國歷代文學與音樂的關係發展如宮廷音樂、樂府詩歌、民歌雜曲，到唐詩、宋詞、元曲等，皆與音樂有密不可分的結合。詩的產生是文學音樂綜合的表達藝術，是詩人傳達思想與抒發情志的創作，而歷來人們始終將「詩」與「歌」並稱，唐詩、宋詞、元曲，乃至民間諺曲、兒歌都保留與音樂密切關係。中國古代的詩歌，在格律上追求形式完美，重視音韻聲情的樂聲美感，講究「平、上、去、入」之古代四聲，語言凝鍊精緻，句式工整，韻腳旋律形成一種規律的變化，音韻上的旋律高低，吟唱時便產生疾徐輕重之曼妙，這就是詩歌韻律和節奏的起源。中國古代詩歌主要分為「吟」、「誦」、「歌」、「唱」四個方式。「唱」是依據

1　司馬遷著，韓兆琦編注，〈滑稽列傳〉《史記選注匯評》，臺北：文津出版社，1993年，頁507。
2　《論語‧陽貨第十七》。

樂譜，而「吟」、「誦」、「歌」是運用詩歌旋律中的音樂特色來演繹，利用詩歌中的聲韻、平仄、音調使詩的語言產生如音樂旋律的節奏感，透過文字音律、節奏的表現達到聲音美感。現代美學家朱光潛《詩論》中言：「詩是一種音樂，也是一種語言。音樂只有純形式的節奏，沒有語言的節奏，詩則兼而有之。」[3]如此，詩歌產生節奏旋律，在吟誦的過程中，散發一種自然節奏，達到與音樂律動結合的音韻效果。

除此，詩的文字具有語言音韻，透過吟唱誦讀展現旋律，這便是聲調押韻的基本理念。詩歌的音樂性結合這些押韻節奏、韻律（句尾韻母或母音）等特質，產生詩歌的音調律動，隨著音節高低起伏、快慢強弱，創造出抑揚頓挫節奏美感。所以，詩人運用思維的描繪感受，通過意象傳達對生命的詠嘆，詩歌便負載著詩人豐沛的情感，因此後人始可從陳子昂《登幽州臺歌》：「前不見古人，後不見來者。念天地之悠悠，獨愴然而涕下。」瞭解詩人永恆的孤獨感；可以從王維《渭城曲》：「勸君更盡一杯酒，西出陽關無故人。」瞭解詩人惜別摯情；可以從李白《將進酒》：「天生我材必有用，千金散盡還復來。」中領略大丈夫萬丈豪情；可以從陶淵明《飲酒》：「採菊東籬下，悠然見南山。」、張若虛《春江花月夜》：「春江潮水連海平，海上明月共潮生。」感受詩人對宇宙自然的憧憬，詩境中淋漓盡致的意象，錯落和諧的浩瀚美景，彷彿歷歷在目，令人神往。

二、現代音樂傳承古典詩歌之韻津

詩歌特質具有節奏和韻律，韻腳複沓的形式，都是形成詩歌節奏所需要的。詩歌不只是一種文學，它也是詩人表達思想情感的載體，這其中所延伸出的美感經驗與心靈碰撞，是詩人與讀者所共同創造完成的。詩歌所帶給人的是一種直接的感發，對詩人而言生活經驗的感悟寄託，而讀者透過對詩的語言領悟獲得與之共鳴。這說明了，詩的語言是一種日常語言的變形轉化成為藝術語言，詩歌因著語言文字來完成美感意義。事實上，推

3　朱光潛，《詩論》，臺北：萬卷樓圖書公司，1990年，頁160。

溯於《禮記‧樂記》：「詩言其志也，歌詠其聲也，舞動其容也。三者本於心，然後樂器從之。」[4]說明歌謠最初形式，是與音樂舞蹈結合，等到與文字與樂器之後，再各自成為獨立藝術類別。「詩」、「樂」、「舞」三位一體，正是中國古典詩歌的一大特色。因此，詩歌的韻律即是在詩與歌合體，主要根植於詩人內在情感所寓的語言音律，從詩的角度而論，韻律感的精緻化，便有賴於詩人語音的細膩審辨。而在劉勰《文心雕龍‧聲律》中早明確記載，樂音源自「人聲」：

> 夫音律所始，本於人聲者也。聲含宮商，肇自血氣，先王因之，以制樂歌。故知器寫人聲，聲非學器者也。故言語者，文章神明樞機，吐納律呂，脣吻而已。[5]

劉勰剖情析采，強調人聲和音樂的重要關係，點出除了「聲」（字音─人聲）與「律」（樂音─律呂）的和諧。其中道理，六朝聲韻學奠基者──沈約更進一步審音辨律，觀察音樂有低昂之別，語音亦有輕重之異：

> 夫五色相宣，八音協暢，由乎玄黃律呂，各適物宜。欲使宮羽相變，低昂互節：若前有浮聲，後有切響；一簡之內，音韻盡殊；兩句之中，輕重悉異。妙達此旨，方可言文。[6]
> 宮商之聲有五，文字之別累萬；以累萬之煩，配五聲之約，高下低昂，非思力所舉。[7]

4　（漢）鄭玄注，（唐）孔穎達疏，《禮記正義》收入（清）阮元校，《十三經注疏》，上海：上海古籍出版社，1997年，頁682。

5　（梁）劉勰撰、王更生注譯，《文心雕龍讀本》下篇，〈聲律第33〉，臺北：文史哲出版社，2004年，頁105。

6　（梁）沈約，《宋書‧謝靈運傳》卷六十七，列傳第二十七，臺北：鼎文書局，1974年，頁1779。

7　（梁）蕭子顯，《南齊書‧陸厥傳‧沈約覆陸厥書》卷五十二，列傳第三十三，北京：北京中華書局，1987年，頁900。

沈約發現詩歌創作，一句之內，字聲要有虛實對照；兩句之中，要有輕重比襯，文字音韻的變化便呈現詩歌音樂性。於是，沈約明確點出語音與樂音配合，對詮釋唱腔的創造便有無限啟發，這說明了樂音在聲音上變化不過五種，而「人聲」字音在聲音上變化則是數以萬計，二者結合更確立樂音的音樂性。沈約這個發現，被宋代學者——沈括納入成為歌唱美學的重要內容：

> 古之善歌者有語，謂「當使聲中無字，字中有聲」。凡曲……當使字字舉末皆輕圓，悉融入聲中，令轉換處無磊塊，此謂「聲中無字」……如「宮」聲字，而曲合用「商」聲，則能轉「宮」為「商」歌之，此「字中有聲」也。[8]

沈括發現文字聲韻產生的聲音美感，文字聲韻之美遠遠超過樂音展現，文字聲韻之美的最高境界「聲中無字，字中有聲」。「聲中無字，字中有聲」要求字音與樂音融成一片，使字音融於樂音之中，強調字音（四聲、清濁等等），與樂音融為一體，每個字音皆飽含樂音，每個樂音皆沁透字音，達到字音與樂音合一的美感，這音律的審美觀點遂成為後世樂音詮釋者共同追求的境界。

　　《禮記‧樂記》云：「歌之為言也，長言之也。」[9]先秦儒家學者已知歌聲是由語音發展而成的，方法就是語音的延長。詩歌歌唱的審美，強調人聲（字音）與樂音（律呂）的和諧，從《尚書》的「詩言志，歌永言，聲依永，律和聲」到沈括「聲中無字，字中有聲」，發展為一套歌唱藝術的發聲理論，卻經歷了二千多年。而今，隨著社會分工細化，詩歌的許多功能漸漸分化出來，中國古典文學之詩詞曲，凡依其聲律、平仄、韻腳以書寫的文學作品，無論是抒發情感或表言以志，皆間接或直接促成現

8　（宋）沈括，《夢溪筆談‧樂律一》收入胡道靜，《新校正夢溪筆談》，香港：中華書局，1975年，頁61。

9　（清）阮元校刻，《十三經注疏‧禮記‧樂記》，北京：中華書局，1980年，頁1544。

今「中國風」詩歌創作的演變。很明確地，現今音樂傳承古典詩歌之語言意識，詩歌在不同歷史時空也衍生不同的面貌，所延伸轉化的聲律、平仄、韻腳及字句段落的規範有很大程度的不同，然而詩歌藝術歌詞創作，都或多或少受到古典詩詞文學的影響。

三、從古典詩歌至當今「中國風」流行音樂的文化結合

　　隨著歷史時間的演進，相對於傳統古典文學不同，轉變新形態「新詩」出現，歌詠文體以一種新形態語言進行全新表意，這乃源自民初由胡適等人熱烈推動的五四運動而興起。於是，白話文的倡導運動下，廢除八股文，自然所孕育主張廢除平仄、拋棄韻腳、打破對仗傳統文學的規範與束縛，以自由的行距段落，不限長短字句來書寫現代白話詩。這一場攸關中國古詩詞天翻地覆的革命，代表了傳統古典詩詞日趨轉移，在現代文學的實用性上，顯然因時空背景演進，古典詩詞那寄情山水，引經據典，詠物描景的寫作，相較於現今工商繁忙生活步調，古人那閒情心境早已淹沒在現代人居住的鋼筋水泥中。時至今日，白話文形式「我手寫我口」早已普及大眾，這普及性影響說明現代詩歌呈顯庶民化的現象，詩的語言意識揚棄了文言文的書面結構，讓詩詞已不是菁英分子小眾，而成為普羅大眾通俗文學。白話詩寫作閱讀的普及性，始自國小孩童開始學童詩，國中生也會填寫情詩為賦新詞強說愁，大學生部落格式網誌抒發，藉由網路形式更無遠弗屆地傳播，這證明了詩歌文化向下扎根的事實已是無庸置疑。

　　二十一世紀通俗文化的全面興起，伴隨著商業化及媒體世俗化，更接近人性真實需求，「詩歌」以一種語言方式進行與時俱進的自然轉變，因時代背景傳播性不同，創作平臺也隨之改變。「詩歌」轉變成「歌詞」，這一種消費性的庶民文化相較於傳統古典詩歌更為普羅大眾關注。同時，這說明了詩歌在流行文化淘洗蛻變，不再尋求古典詩體既有的格律美感，而是以另一種精神認同表徵，成為大眾文化情感的共鳴體，其中最明顯的莫過於「流行音樂」的產生。尤其，隨著時代的潮流驅使，八〇年代以後，臺灣便被視為華語流行音樂的領導者，流行歌曲在此前提下成為社會

歷史中重要的文化資產，也最能展現近代臺灣社會變遷的記載。從古典詩歌至當今臺灣音樂的文化結合，「歌詞」取代承載「詩歌」情感範疇，「詩歌」雅俗共賞的語言符碼，隨著流行音樂成為通俗文化象徵，也代表了庶民生活娛樂趨向的文化意義。回顧臺灣流行音樂重要的記事，第一首流行音樂發端，是1932年上海聯華影業製片《桃花泣血記》電影來臺放映所製作的宣傳歌曲，當時臺灣片商為招徠觀眾，邀請詹天馬（作詞）與王雲峰（譜曲），創作〈桃花泣血記〉電影宣傳曲，由古倫美亞錄製發行。〈桃花泣血記〉歌曲隨著電影宣傳於全臺播送轟動一時。此後，臺灣電影事業皆仿造此例，錄製主題曲為之宣傳：

〈桃花泣血記〉　　　　　　　　作詞：詹天馬　作曲：王雲峰

人生就像桃花枝，有時開花有時死，花有春天再開期，人若死去無活時。
戀愛無分階級性，第一要緊是真情，琳姑出世歹環境，親像桃花彼薄命。
禮教束縛非現代，最好自由的世界，……也真害。
衣冠文物社會新時代，戀愛自由才應該，階級約束是有害，婚姻制度著大改……
舊式禮教著拋棄，結果發生啥代志，請看桃花泣血記。[10]

〈桃花泣血記〉用敘事歌謠「七字仔」來創作，歌詞共有十二段，歌詞最後「結果發生啥代志，請看桃花泣血記」，就像中國文學章回小說中「欲知後事如何？請看下回分曉」的手法一般。儘管〈桃花泣血記〉具有濃厚宣傳意味，然而開啟臺灣流行歌壇的序幕，歌曲模式還是遵循著古典敘事詩歌，十分具有時代的價值。從臺灣第一首流行音樂〈桃花泣血記〉，便可得知音樂與電影、電視之間通過商業宣傳的推波助瀾之下，所創造的文

---

10 莊永明，《臺灣歌謠追想曲》，臺北：前衛出版，1994年，頁40。

化效益價值不可小覷。此後,唱片公司開始積極招攬創作,開創了臺語流行歌曲,此後便陸續有〈望春風〉(1933)、〈月夜愁〉(1933)、〈雨夜花〉(1934)、〈河邊春夢〉(1935)、〈青春嶺〉(1936)等歌曲流傳,隨著臺語音樂唱片大量發行,臺灣流行音樂正式邁入第一個黃金年代。

臺灣流行音樂的歷史進入七〇年代末期的民歌運動後,詩歌與流行音樂的接軌奠定了現今流行音樂的主流發展,由校園崛起的創作者、表演者,學生消費者大幅取代並擴大早年只限於成年人流行歌曲市場,亦造成八〇年代臺灣音樂工業的新陳代謝,並由此展開制度化的唱片工業操作模式。九〇年代以後,傳播科技及媒體娛樂文化興盛,都使臺灣流行音樂具備引領社會風潮的流行文化特質。詩歌在此產生變化,尤其是民歌運動的興起,更是為現代詩脫胎換骨,現代詩在流行音樂的衝擊下轉變成為民歌化,使得現代詩成為庶民文化的民歌音樂,不再僅存於學術研究殿堂,同時走入群眾生活。其中,最膾炙人口便是1979年由新格唱片發行齊豫《橄欖樹》同名專輯。〈橄欖樹〉是李泰祥作曲,作詞是散文作家三毛的現代詩。經過校園民歌的熱潮,傳唱大為盛行:

〈橄欖樹〉　　　　　　　　詞:三毛　曲:李泰祥

> 不要問我從哪裡來　我的故鄉在遠方
> 為了天空飛翔的小鳥　為了山間輕流的小溪
> 為了寬闊的草原　流浪遠方　流浪
> 還有還有　為了夢中的橄欖樹橄欖樹⋯⋯

這首歌曲表現和市場流行截然不同的藝術氣息,加上李泰祥亦古亦今的編曲方式,讓這首歌很快成了民歌時代唯美風格作品的典型。李泰祥特別邀三毛改編填詞,原詩詞句是「為了小毛驢到處流浪,為西班牙的姑娘和大眼睛,流浪遠方、流浪」,為了更符合流浪情致,因此三毛將詞句改為「為了天空飛翔的小鳥,為了山間清流的小溪,為了寬闊的草原,流浪遠

方、流浪」。〈橄欖樹〉將小鳥、清流帶著濃厚流浪意味的自然經驗，更進一步深化人生感悟，使得歌曲充滿流浪的風情。而正值此期的校園歌曲，強調回歸自然清新純粹的音樂，〈橄欖樹〉風靡莘莘學子，勾勒出令人心神嚮往的自由境界，成為當時時代的經典之作。

　　校園民歌為臺灣樂壇注入了一種清新質樸的風格。除此之外，臺灣流行音樂創作者也不斷致力於古典詩歌與現代音樂結合，其中選用古詩詞創作歌曲最具代表性，被譽為華人世界二十世紀國際級歌星鄧麗君。鄧麗君《淡淡幽情》專輯[11]，更是永遠傳誦的不朽之作：

〈但願人長久〉　　　　詞：蘇軾　曲：梁弘志

明月幾時有，把酒問青天，不知天上宮闕，今夕是何年。
我欲乘風歸去，惟恐瓊樓玉宇，高處不勝寒。起舞弄清影，何似在人間。
轉朱閣，低綺戶，照無眠。不應有恨，何事長向別時圓。
人有悲歡離合，月有陰晴圓缺，此事古難全。
但願人長久，千里共嬋娟。

台灣80年代前後近二十年的輝煌歲月正是流行音樂的黃金時期，而1983年鄧麗君於寶麗金唱片發行了《淡淡幽情》專輯，她親自參與企劃共收錄十二首歌曲，邀請當時一流音樂人合作，為中國詩詞文學譜上旋律。《淡淡幽情》是鄧麗君個人演藝事業顛峰時期的經典之作，專輯深具濃厚文學性，歌曲均選自宋詞名作，配上現代流行音樂，其中〈但願人長久〉便是典範。〈但願人長久〉這歌詞便是引用北宋大文豪蘇軾傳頌千古的〈水調歌頭〉，寄予明月抒發人生之所感，經過梁弘志譜曲，鄧麗君天籟歌聲的詮釋，把詩人對月感的懷抱賦予新意。鄧麗君歌聲溫柔婉約帶著淡淡幽情響譽全球華人世界，〈但願人長久〉中國風歌曲特色，充滿當時所強調的

11　宇崎真、渡邊也寸志著、魏裕梅譯，《鄧麗君的真實世界》，臺北：臺灣先智出版，1997年。

民族性，不失古典韻味又符合流行趨勢，深具文化傳承，許多音樂評論家皆給予高度的評價。除此之外，也值得推薦《淡淡幽情》專輯內做為第一首開場的〈獨上西樓〉：

〈獨上西樓〉　　　　　　　詞：李煜　曲：劉家昌

無言獨上西樓，月如鉤，寂寞梧桐深院鎖清秋。
剪不斷理還亂，是離愁，別有一番滋味在心頭。

（白）
無言獨上西樓，月如鉤，寂寞梧桐深院鎖清秋。
剪不斷理還亂，是離愁，別有一番滋味在心頭。

〈獨上西樓〉歌詞改編自南唐詩人李煜名詞〈相見歡〉，作曲為臺灣著名音樂人劉家昌，經過鄧麗君獨特柔情歌聲的詮釋，典雅莊重又溫柔多情，絲絲入扣。鄧麗君歌曲詮釋，首先一段清唱，再加入樂器伴奏，如真似幻，扣人心弦，民樂管弦伴奏精確地詮釋李後主亡國之君的多愁情緒。

　　鄧麗君《淡淡幽情》專輯內收錄曲目十二首，運用中國文學的古典詩詞以現代音樂譜曲表現，百轉千迴的優雅轉音，真假音的美妙轉換，深獲聽眾共鳴。《淡淡幽情》專輯除了李煜〈相見歡〉、蘇軾〈水調歌頭〉外，也運用了范仲淹〈蘇幕遮〉、李煜〈虞美人〉、秦觀〈桃園憶故人〉、聶勝瓊〈鷓鴣天〉、歐陽修〈玉樓春〉、歐陽修〈生查子〉、柳永〈雨霖鈴〉、辛棄疾〈醜奴兒〉、李之儀〈卜算子〉，當時以古典文學概念貫穿整體製作風格的大膽嘗試，樹立了古典與新樂風融合的手法，成功地把這張專輯塑造成臺灣流行音樂「中國風」的重要里程碑。《淡淡幽情》特別不用詞牌名作為歌曲曲名，而是創造性選用每首詩詞中的詞句為曲目命名，使歌曲與眾不同，將文人雅士的傷感、古典詩詞的文學意涵融入在流行歌曲，重新應用轉化新意，從古典詩歌至「中國風」音樂文化融合，深富詩意，可謂是史無前例，開創古今詩歌融合的成功，呈現了當時

流行樂壇前瞻的大格局。

四、「中國風」音樂歌詞的文學應用

臺灣流行音樂文化可說是歌曲文化變遷及音樂產業崛起下的共同產物，在不同的社會脈絡下呈現語言意義的文化轉變。臺灣流行歌曲，自日據時代以後，歷經臺語歌曲、國語老歌及校園民歌運動後，越加擴大國語歌曲產業及市場規模，當今臺灣音樂市場已是跨全球運作的基本模式。回溯臺灣流行歌曲歷史，隨著時間遞變，從日本殖民統治時期早期的民間歌謠，到臺語音樂唱片的黃金年代，以至光復後由農業社會進入工業社會的經濟起飛，開啟臺語歌曲、國語歌曲創作期。當流行音樂進入六〇至七〇年代校園民歌運動後，臺灣流行音樂正式奠定現今的主流藍圖，以至解嚴後迄今因流行資訊發達，歌曲風格呈現更多元，皆反映在國語歌曲的多樣創作題材上，臺語歌曲、客家歌曲及原住民歌謠也漸漸發展。另一方面，受到東洋歌曲與西洋歌曲外來文化的影響，翻唱歌曲也蔚為流行。進入二十一世紀後，臺灣流行音樂產生中西文化音樂融合，R&B（節奏藍調）、DANCE（舞曲）、ROCK（搖滾）、HIP－HOP（嘻哈）等曲風漸漸成為樂壇的主流，而發展至今，呈現東、西方音樂交融並進、帶給樂迷們更多元的視聽感受。再者，因為傳播媒體興盛，兩岸三地選秀節目發掘更多音樂人才，也為歌壇注入新生力量，當今流行音樂界引領社會風潮，呈現出風格百變、百家爭鳴的蓬勃局面。

在傳統文化復甦與再創造中，運用資訊科技與媒體傳播已是一種不可避免的必然趨勢，隨著音樂產業模式與全球化的文化傳遞，數位音樂模式崛起，已取代傳統音樂製作過程，蔚然成為音樂產業的主流。而今臺灣流行音樂從庶民消費文化，蛻變為全球同步眾人矚目的娛樂文化，流行音樂文化中產生了一種「中國風」的音樂類型，造成一股獨特的東方魅力風潮。所謂「中國風」音樂，其根源均來自中華文化的文化內涵，歌詞上多為中國古代詩詞意境之文學創作。中國古典文學於流行音樂的復甦，從「中國風」現象觀察流行音樂的語言意識，探索「援詩入詞」、「援詞入

歌」所蘊涵的文學元素為何？「中國風」又當如何在傳統與現代視域中，再造古典文學之文創應用？首先，必須認識何謂「中國風」。誠如流行音樂作詞人方文山所言：

> 何謂「中國風歌曲」？如單純縮小範圍僅討論歌詞的話，一言以蔽之，就是詞意內容仿古典詩詞的創作。但一般對「中國風歌曲」的認知還包括作曲部分，因此，若將「中國風歌曲」做較為「廣義解釋」的話，則是曲風為中國小調或傳統五聲音階的創作，或編曲上加入中國傳統樂器，如琵琶、月琴、古箏、二胡、橫笛、洞簫等，以及歌詞間夾雜著古典背景元素的用語，如拱橋、月下、唐裝、繡花鞋、燈蕊、蹙眉、紅顏等。只要在詞曲中加了這些元素，不論加入元素的多寡或比重為何，均可視同為所謂的「中國風歌曲」。[12]

簡言之，「中國風」音樂必須具備中國特色和中國元素的音樂風格，就「詞意」內容仿古典詩詞的創作，詩詞格律用字內斂含蓄，更添一分韻味。而在「編曲」啟用國樂伴奏，加入傳統樂器融入戲曲元素，旋律優美懷舊，意境美妙深邃。就「曲調」而言，曲風多為中國小調或傳統五聲音階創作。五聲音階為「宮、商、角、徵、羽」，也就是「黃鐘」、「太簇」、「姑洗」、「林鐘」、「南呂」五個音，這五個音相對於目前西方的音階，即是「Do、Re、Mi、Sol、La」。中國五聲音階的原理見於《管子・地員篇》記載：

> 凡將起五音，先主一而三之，四開以合九九，以是生黃鐘小素之首，以成宮。三分而益之以一，為百有八，為徵。

12　方文山，《青花瓷：隱藏在釉色裡的文字祕密》，〈自序〉，臺北：第一人稱傳播事業公司，2008年，頁7。

> 不無有三分而去其乘，通足以生商。有三分而復於其所，
> 以是生羽。[13]

「三分而益之以一」即是以一個律管或絃的長度作為標準音，以三分損一方式，得到上方完全五度音的音高，然後再採以三分益一方式，得到下方完全四度音的音高。由此可看出，古代中國的音樂水準已相當講究，足以證明古典詩歌文學與音樂在日常生活的重要性。所以，當今的「中國風」創作，是由三古三新（古辭賦、古文化、古旋律、新唱法、新編曲、新概念）結合的獨特樂種。歌詞上運用古典詩詞格律的文學創作，樂風上運用「中國五聲音階」做為旋律組成音階，中、西樂器混搭做為歌曲新風格。「中國風」成為後現代藝術特性的音樂，優雅飄逸的弦律，曲風婉轉，音調含蓄綿長，意有未盡意境，廣受大眾喜愛。在古典詩詞教育上，「中國風」歌曲也扮演穿針引線的角色，在兼顧流行與復古的詩詞美學生活中，走出流行音樂的另一種懷舊風情。

　　論及臺灣流行音樂「中國風」，周杰倫可謂是樂壇最具影響的標誌性人物，不僅作曲填詞且演唱俱佳，樂曲創作融合R&B、英式搖滾、饒舌多變曲風，撼動樂界，更是刮起「中國風」熱潮，成功躍身榮登亞洲第一人氣王地位。周杰倫的音樂創作致力將西方R&B、RAP以東方元素呈現「中國風」，曲風變化無窮，不斷創作與眾不同的音樂視野，在臺灣樂壇上堪稱典範。周杰倫「中國風」音樂獨特之處，首推御用填詞人方文山，他創作歌詞善用修辭營造古典意境，運用詩詞文學融入現代歌詞，在詠物、詠史、戰爭下描寫千古愛情，深具巧思。除此，臺灣樂壇「中國風」歌曲不勝枚舉，在這些引領潮流的流行歌曲中，極具現代意識又蘊含民族情致的文化表徵作品，本文以周杰倫〈髮如雪〉、〈青花瓷〉與王力宏〈在梅邊〉為代表，說明「中國風」的創作風格。首先，介紹周杰倫2005年經典之作〈髮如雪〉，歌詞大量運用典故，滲透著文學的古典美：

13　《管子·地員》篇。

〈**髮如雪**〉 　　　　　　　　　　詞：方文山　　曲：周杰倫

狼牙月　伊人憔悴　我舉杯　飲盡了風雪
是誰打翻前世櫃　惹塵埃是非……
繁華如三千東流水　我只取一瓢愛了解……
邀明月　讓回憶皎潔　……

延伸閱讀https://www.youtube.com/watch?v=3T10td_FHSA

〈髮如雪〉此歌名根據方文山所言，並非抄襲自任何古詩詞或詞牌名，歌名緣由靈感來自於李白《將進酒》：「君不見黃河之水天上來，奔流到海不復回；君不見高堂明鏡悲白髮，朝如青絲暮成雪。」歌名下有一行引言，原句如下：「極凍之地，雪域有女，聲媚，膚白，眸似月，其髮如雪；有詩嘆曰：千古冬蝶，萬世淒絕。」這段引言並非出自任何古史資料，實為方文山為營造〈髮如雪〉古典氣質所轉化青絲華髮一夕成雪，遂得〈髮如雪〉一詞。[14]〈髮如雪〉強調真愛可以穿越時空，MV運用蒙太奇之畫面，詞境描繪女子歷經幾世輪迴青絲已成白髮，即使青史成灰，芳蹤杳然，但癡心之男子只戀她一人，戀情彷彿上蒼捉弄遺憾又流轉至今世，至情感人。〈髮如雪〉詞彙，作詞人方文山大量運用古典文學的典故，歌詞「邀明月，讓回憶皎潔」與「我舉杯，飲盡了風雪」模擬引用李白《月下獨酌》：「花間一壺酒，獨酌無相親；舉杯邀明月，對影成三人。」[15]刻意營造美麗淒清的氛圍，加上周杰倫的詮釋更具滄桑之感。歌詞中夾雜文學典故，如：「是誰打翻前世櫃　惹塵埃是非」的「惹塵埃」，出處為唐代《六祖壇經》故事。[16]此外，歌詞：「繁華如三千東流

---

[14] 方文山，《中國風：歌詞裡的文字遊戲》，臺北：第一人稱傳播事業股份有限公司，2008年，頁74。

[15] 方文山，《中國風：歌詞裡的文字遊戲》，臺北：第一人稱傳播事業股份有限公司，2008年，頁74。

[16] 禪宗五祖弘忍欲知門下眾僧悟道的境界，叫眾門徒書寫偈語自道心得，大弟子神秀率先提筆作

水，我只取一瓢愛瞭解」也是出自清代曹雪芹《紅樓夢》小說之第九十一章回：「寶玉呆了半晌，忽然大笑道：任憑弱水三千，我只取一瓢飲。」強調男子對女子愛情的忠貞。

　　此外，再推薦2007年〈青花瓷〉作品，由周杰倫作曲、方文山填詞，並在2008年榮獲第19屆金曲獎最佳作曲人、最佳作詞人與最佳年度歌曲三項獎項。〈青花瓷〉可視為眾多「中國風」音樂經典代表作之一。

〈青花瓷〉　　　　　　　　　詞：方文山　曲：周杰倫

素胚勾勒出青花筆鋒濃轉淡⋯⋯⋯⋯⋯⋯
天青色等煙雨 而我在等妳⋯⋯⋯⋯⋯⋯
炊煙裊裊昇起 隔江千萬里⋯⋯⋯⋯⋯⋯
在瓶底書漢隸仿前朝的飄逸⋯⋯⋯⋯⋯⋯

延伸閱讀 https://www.youtube.com/watch?v=CZ78y__MIzM

周杰倫採取詩人吟詩的口吻，以江南戲曲唱腔詮釋出飄逸瀟灑的意境，構成中西交融、古今交錯、跨越時空的音樂氛圍。旋律上採用了中國五聲調式節奏，樂器採用琵琶、大鼓、竹笛、洞簫、箏、響板、鈸、串鈴等中國特有的民族樂器，伴奏用西洋電吉他，中西合併曲風展現了古樸濃厚的典雅韻味。

　　方文山在〈青花瓷〉作詞上，彰顯了中國古代遠近馳名「景德鎮瓷器」，在詞意中以物喻人，運用語彙揉合青花瓷製作過程，以青花瓷精雕細磨，耐心等待煙雨的時節上釉塗色，來比喻男子等待女子的真摯深情，詞中有畫，彷彿見到詞境中煙雨朦朧的江南山水，一幅筆端蘊秀的水墨畫，道盡男子「等待」感人至深的心情。歌詞「天青色等煙雨，而我在等

偈：「身是菩提樹，心如明鏡臺，時時勤拂拭，勿使惹塵埃。」六祖惠能則反駁說：「菩提本無樹，明鏡亦非臺，本來無一物，何處惹塵埃。」二人對禪宗佛法頓悟的境界不同，常被後世拿來引用解讀對佛法參悟的程度。

妳」，表達了男子等候的思慕之情，帶出後句「炊煙裊裊升起　隔江千萬里」。〈青花瓷〉不僅描述江南煙雨美景，也說明青花瓷上的彩繪，歌詞：「素胚勾勒出青花筆鋒濃轉淡」、「釉色渲染仕女圖韻味被私藏」、「在瓶底書漢隸仿前朝的飄逸」上採用「素胚」、「仕女」、「漢隸」詞意來描摹青花陶瓷古樸如同女子柔情，「炊煙裊裊昇起　隔江千萬里」比喻虛幻的煙水戀情，「如傳世的青花瓷自顧自美麗」，以景喻情，男子思慕之情都蘊藏在「青花瓷」瓶底的書寫漢隸裡，如此富有古典詩詞般的審美意境，體現了中國特有藝術文化，用敘事的文學形式極具「中國風」獨特意蘊。〈青花瓷〉也運用文學修辭技巧，如譬喻法：「瓶身描繪的牡丹一如妳初妝」、「妳嫣然一笑如含苞待放」、「如傳世的青花瓷自顧自美麗，妳眼帶笑意」；擬人法：「妳的美一縷飄散，去到我去不了的地方」、「月色被打撈起，暈開了結局」；疊字法：「冉冉檀香透過窗心事我了然」、「炊煙裊裊昇起」。

　　周杰倫、方文山二人詞曲絕佳組合，結合西式曲風與東方韻味共同創作「中國風」作品，如：〈娘子〉、〈雙截棍〉、〈龍拳〉、〈無雙〉、〈爺爺泡的茶〉、〈本草綱目〉、〈髮如雪〉、〈黃金甲〉、〈霍元甲〉、〈亂舞春秋〉、〈東風破〉、〈千里之外〉、〈菊花臺〉、〈青花瓷〉、〈蘭亭序〉、〈煙花易冷〉、〈公公偏頭痛〉、〈紅塵客棧〉、〈天涯過客〉等等。方文山運用許多中國傳統事物，如詩詞、武術、英雄、花、歷史、茶道、象棋、書法、中藥等皆可入詞。此外，〈霍元甲〉可謂周杰倫中國風編曲味道最濃厚，不僅有大鼓等樂器，還用女聲腔唱中國京劇。另一首更具歷史感是〈亂舞春秋〉，方文山引用三國典故，歌詞寫到：「曹魏梟雄在／蜀漢多人才／東吳將士怪／七星連環敗／諸葛亮的天命不來／這些書都有記載／不是我在亂掰」在音樂歌詞中彷彿復活三國戰場，重回千軍萬馬氣勢磅礡的三國歷史，〈亂舞春秋〉風靡歌迷，全亞洲銷售三百萬張，吸引許多青春世代探索東漢末的三國爭戰。

　　除此之外，方文山甚至把中國神醫李時珍藥名都拿來填詞，〈本草綱目〉歌詞：「如果華佗再世崇洋都被醫治／外邦來學漢字／激發我民族意識／馬錢子／決明子／蒼耳子／還有蓮子／黃藥子／苦豆子／川楝子……

山藥／當歸／枸杞／鹿茸切片不能太薄／……龜苓膏／雲南白藥／還有冬蟲夏草……蟾酥／地龍／已翻過江湖／這些老祖宗的辛苦／我們一定不能輸……讓我來調個偏方，專治你媚外的內傷，已扎根千年的漢方，有別人不知道的力量。」歌詞引用十六種古老藥材名，宣揚中華文化中醫的偉大，這在華語音樂語言的傳播上格具意義。其他，歌詞創作蘊藏著豐富古典文學色彩，如：〈菊花臺〉中「花已向晚，飄落了燦爛」，引用宋代名士・宋祁「且向花間留晚照」詞句。而〈青花瓷〉「簾外芭蕉惹驟雨」，也與唐代・杜牧詩人的「聽夜雨冷滴芭蕉」意境相像。足以見，方文山濃郁的歌詞創作，形成獨樹一幟的「中國風」詞風，正是由於文字詩意化創作中運用以詩寫詞手法，以意象組合修辭方式，把流行音樂從靡靡之音帶回了古典文學與古今歷史的相融，形成「歌中有詩，歌中有畫」的特色。

　　說起「中國風」，周杰倫、方文山對「中國風」推廣功不可沒，另一位流行樂壇代表人物——王力宏也當是不能忽略。從兩千年重新詮釋李建復〈龍的傳人〉揭開中國風之旅的序幕，之後〈心中的日月〉、〈竹林深處〉、〈花田錯〉、〈蓋世英雄〉、〈伯牙絕弦〉等都深具中華文化意涵，2005年〈在梅邊〉堪稱是經典代表作：

　　〈在梅邊〉　　　　　　詞：五月天阿信／Rap　　曲：王力宏

　　　這廂是　夢梅戀上畫中的仙　那廂是　麗娘為愛消香殞
　　碎…………
　　　湯顯祖讓我向你學習…………湯大師帶我們回去充滿愛的
　　牡丹亭

延伸閱讀https://www.youtube.com/watch?v=qPH7Fp2KRd4&list=RDqPH7F
　　p2KRd4

這首〈在梅邊〉歌詞主題上，引用明代劇作家・湯顯祖[17]崑曲戲劇《牡丹亭》「遊園驚夢」的故事。王力宏在旋律上運用R&B節奏與京劇、崑曲轉音，加上阿信填詞《牡丹亭》愛情的傳奇，鎔鑄成古今戲曲與文學音樂相合。〈在梅邊〉MV一開始是以鑼鼓點來開場，彷彿一場京劇即將粉墨登場，而忽然切入現代舞曲節奏，夾帶崑曲悠悠地吟唱，形成中國風音樂中的「崑曲嘻哈舞曲」。〈在梅邊〉編曲運用中國樂器鐃鈸、梆子、單皮鼓、大小鑼、拍板、二胡為配器，節奏上以西方嘻哈饒舌節奏為主，歌曲演唱夾雜英語俏皮話與崑曲相互呼喚，形成中西音樂交匯的新型態。

　　事實上，明代湯顯祖《牡丹亭》又名《還魂記》，為玉茗堂四夢之一，是崑劇代表劇目，乃是明代戲曲根據話本《杜麗娘慕色還魂記》改編，敘述杜麗娘和柳夢梅兩人的愛情故事。「遊園驚夢」故事描述了南宋時期南安太守杜寶獨生女杜麗娘某日因遊園感春，夢境中竟然夢到一書生，手持柳枝，兩人情意纏綣於牡丹亭畔。夢醒之後尋夢不得，鬱鬱以終，留下一幅自畫像。杜麗娘死後芳魂不滅，感動地府判官，賜她還魂香一支，並指點夢中書生，正是暫住杜府後花園養病的柳夢梅。而拾得麗娘自畫像的柳夢梅，癡情竟不亞於麗娘，在他開棺助麗娘還魂後，麗娘與母親巧遇，而頑冥不化的杜父，終被親情感動，接受二人完婚，人鬼生死愛情故事終成眷屬。湯顯祖於《牡丹亭》劇中所要表達情之所至「生者可以死，死可以生」的觀點，化為對真情執著與追尋，感動無數觀眾。

　　而作詞人阿信〈在梅邊〉歌名即是取自柳夢梅之名字「梅」，以《牡丹亭》典故來命名。女主角杜麗娘因思戀夢中書生柳夢梅，賦詩於自畫像上抒發相思，表示期盼與心上人相聚願望，詩云：「近睹分明似儼然，遠觀自在若飛仙。他年得傍蟾宮客，不在梅邊在柳邊。」而阿信在歌詞創意上，引用《牡丹亭》人物與劇情，愛情價值的古今對照，以古鑑今來歌頌愛情的真摯。歌詞：「在梅邊落花似雪紛紛綿綿誰人憐，在柳邊風吹懸念

17　湯顯祖（1550 年 9 月 24 日－1616 年 7 月 29 日），中國明代末期戲曲劇作家、文學家。字義仍，號海若、清遠道人，晚年號若士、繭翁，江西臨川人。湯顯祖著有《紫簫記》（後改為《紫釵記》）、《牡丹亭》（又名還魂記）、《南柯記》、《邯鄲記》，詩文《玉茗堂四夢》、《玉茗堂集》、《玉茗堂尺牘》、《紅泉逸草》、《問棘郵草》，小說《續虞初新志》等。

生生死死隨人願，千年的等待滋味酸酸楚楚兩人怨，牡丹亭上我眷戀日日年年未停歇。」更是道盡二人陰陽相思之情。特別是，〈在梅邊〉最後一段繞舌歌唱，以嘻皮節奏、中國京劇鑼鼓點伴奏，形成「崑曲、嘻哈、舞曲」結合，讓樂迷瞭解中國京劇藝術可以如此輕鬆有趣呈現。

　　綜觀以上所介紹周杰倫〈髮如雪〉、〈青花瓷〉、王力宏〈在梅邊〉歌曲，都是以「中西合璧」音樂創作，堪稱是目前流行樂界「中國風」歌曲之上乘之作。觀察這三首「中國風」歌曲，在歌詞上多採用中國古詩詞、文學典故展現詞境，旋律多採用中國五聲音階，在樂器上使用二胡、竹笛、琵琶、古箏等，與西方樂器吉他、貝斯、爵士鼓等混搭，揉合成一種「中西合璧」的樂風。除了周杰倫、王力宏之外，臺灣流行樂壇上其他「中國風」作品，還有卜學亮〈子曰〉；SHE〈中國話〉、〈長相思〉；陶喆〈Susan說〉、Tank〈三國戀〉；林俊傑〈曹操〉、〈江南〉；吳克群〈老子說〉、〈將軍令〉；伊能靜〈念奴嬌〉；信樂團〈千年之戀〉；麻吉〈我愛周星星〉；羅志祥〈歲堤春曉〉；杜德偉〈紅轎子〉；南拳媽媽〈牡丹江〉、〈花戀蝶〉；李玟〈刀馬旦〉；范逸臣〈醉青樓〉；胡彥斌〈紅顏〉、〈葬英雄〉、〈訣別詩〉、〈瀟湘雨〉；林冠吟〈秦俑〉；蘇打綠〈各站停靠〉等等大放異彩。

　　從上之實例分析，「中國風」音樂運用中國詩詞、古典文學，以文學意境來拓展歌詞意涵，所顯見流行曲不再只是刻畫男女兩性情歌，而是新興的華語文化浪潮。這些相繼而起的歌手、作詞人在歌詞中運用中華文化經典，融合東方文化樂器和西方嘻哈饒舌創意，受到全球華人歡迎。同時，從這些通俗歌曲，樂迷們聽歌進而探索學習華語文學意涵，於是三國梟雄曹操、神醫李時珍、老子、孔子，牡丹亭戲曲內的柳夢梅、杜麗娘，乃至英雄霍元甲，在旋律優雅的古箏、胡琴、京劇、五音、繞口令中，彷彿重新來到二十一世紀華語新興的年代。「中國風」正吹拂著流行樂壇，把悠久歷史與流行音樂完美結合，引起全球華人關注共鳴，可視為是再興古典文學的一種文創進路。

五、結論

　　上就詩歌本質及節奏旋律，探究古典詩歌至當今「中國風」歌詞的文化軌跡。從這些脈絡的現象發現，由於資本主義、科技商業發展，當今更貼近生活的反而是一種庶民文化的全面興起，流行音樂相較古典詩歌更易為普羅大眾產生共鳴。這現象同時也說明了詩歌在當今發展的困境，在歷經時代的淘洗蛻變，流行音樂取代了詩歌承載的情感地位。隨著流行音樂成為通俗文化的象徵，更顯示這雅俗共賞的語言符碼在日常生活中占有絕對重要意義。

　　然而，中國音樂意境從古至今依舊沒變，回溯禮樂之教的發展脈絡來看，文學與音樂的關係發展從樂府詩歌，到唐詩、宋詞、元曲等，都是緊扣一體的一脈相傳，這說明了文學與音樂有著密不可分的關係。從古至今，乃至現今流行樂壇，從臺灣第一首流行音樂〈桃花泣血記〉，便可知流行音樂通過媒體的推波助瀾下，皆能創造文化結合的雙軌效益。當今隨著「中國風」流行音樂廣為宣傳，也將中國古典文學，無遠弗屆散播到全球華人的社會，在文化的傳播上，此現象可樂見是傳統中華文化復甦再生的途徑。然而，「中國風」流行歌曲盛行是經濟消費市場引起的現象，「中國風」流行音樂之於傳統古典詩詞，如何喚起關注再創文化價值？「中國風」趨勢能否造成文化本質影響，還得視歌詞創作的廣度與深度，能否更深入文學的底蘊。流行歌詞與古典詩詞有些許共通性，而近幾年來華語音樂多元發展，「傳統華語經典」正輔以「文化創意傳播」大放光彩，海內外許多優秀人材相繼投入創作，運用詩歌語言，融會文學，善用修辭，營造詞境，當今流行歌曲可視為通俗文學教育之一環，讓眾人瞭解歷史，認識經典，以文學創意展開華語應用新視野，開啟歌詞文學創作，達到寓教於樂教育價值。

六、延伸閱讀

1. 鄭騫，《從詩到曲》，臺北：科學出版社，1961年。
2. 水晶，《流行歌曲滄桑記》，臺北：大地出版，1985年。

3. 曾永義，《詩歌與戲曲》，臺北：聯經文化事業出版，1988年。

4. 許常惠，《臺灣音樂史初稿》，臺北：全音樂譜出版，1991年。

5. 方翔，《重回美好的五十年代國內國語歌壇的清流》，臺北：海陽出版，1991年。

6. 文翰，《流行音樂啟示錄》，臺北：萬象出版，1994年。

7. 莊永明，《臺灣歌謠追想曲》，臺北：前衛出版，1994年。

8. 翁嘉銘，《迷迷之音：蛻變中的臺灣流行歌曲》，臺北：萬象出版社，1996年。

9. 劉國煒，《臺灣思想曲》，臺北：華風文化出版，1998年。

10. 羅基敏，《當代臺灣音樂文化省思》，臺北：揚智出版，1998年。

11. 曾慧佳，《從流行歌曲看臺灣社會》，臺北：桂冠出版，1998年。

12. 陳郁秀編，《百年臺灣音樂圖像巡禮》，臺北：時報出版，1998年。

13. 林正欣，《流行音樂文化在臺灣》，臺北：揚智出版，1999年。

14. 劉大杰，《中國文學史》，臺北：華正書局出版，2000年。

15. 葉龍彥，《臺灣唱片思想起1895-1999》，臺北：博揚文化出版，2001年。

16. 呂鈺秀，《臺灣音樂史》，臺北：五南出版，2003年。

17. 師永剛，《十億個掌聲鄧麗君傳》，臺北：普金傳播公司出版，2006年。

18. 方文山，《中國風：歌詞裡的文字遊戲》，臺北：第一人稱出版，2008年。

19. 方文山，《青花瓷：隱藏在釉色裡的文字祕密》，臺北：第一人稱出版，2008年。

20. 鍾琛，《先秦兩漢及魏晉南北朝音樂傳播概論》，臺北：龍視界出版，2014年。

七、練習單元

1. 當今流行文化是重視文化創意美感的時代，多元閱讀的二十一世紀，

　　文字開啓已非唯一的閱讀管道，透過音樂、繪畫、攝影、電影、舞蹈多元藝術與社會脈動結合，從閱讀文學啓發創作思維的美感鑑賞。請試舉流行樂壇中的「中國風」歌曲二首，分析歌詞內引用的文學意涵、典故來源及修辭技巧。

2. 試就傳統經典文學，轉化應用「中國風」的歌詞寫作。請同學以「中國文學」、「中國哲學」、「中國文化」、「中國歷史」為素材範圍，自訂題目，文言白話不拘，形式亦不限，字數不限，創作一首「中國風」歌詞文學。

第五章
漫畫與寫作

馬銘浩、周文鵬

一、提到漫畫，你會想到什麼呢？

　　面對這個問題，多數人的回答，總會圍繞著一部部知名的作品，以及作品中形象鮮明的角色。無論是家喻戶曉、老少咸宜的《哆啦A夢》[1]、《史努比》[2]、《超人》[3]；風行於八〇、九〇年代的《北斗神拳》[4]、《七龍珠》[5]、《聖鬥士星矢》[6]、《灌籃高手》[7]、《流星花園》[8]、《櫻桃小

---

[1] 日本漫畫作品，原名《ドラえもん》，作者為藤子·F·不二雄。自1969年起，於日本小學館旗下《よいこ》（好孩子）、《幼稚園》、《小学一年生》、《小学二年生》……等多部兒童期刊進行連載。至作者於1997年逝世為止，總計已連載超過1,345回，並集結出版單行本達50冊以上。本系列目前由藤子製作公司接手經營，仍持續發表新作。臺灣方面，目前由青文出版社代理發行。

[2] 美國漫畫作品，原名《Peanuts》，作者為查爾斯·舒茲（Charles M. Schulz）。自1950年起，陸續連載於《US NEWS》等美國知名報系，至2000年作者逝世為止，發表作品已逾4萬則。

[3] 美國漫畫作品，原名《Superman》，由（美）Jerry Siegel寫作故事、（加）Joe Shuster繪製。自1938年，發表於美國DC漫畫公司（DC Comic）旗下漫畫期刊：《動作漫畫》（Action Comics）創刊號後，風行不輟。本作品至今仍持續產出故事，衍生各類圖像、影視作品。

[4] 日本漫畫作品，原名《北斗の拳》，由武論尊原作、原哲夫作畫。自1983年起，於日本集英社旗下漫畫期刊：《週刊少年JUMP》連載，至1988年完結。總計245回，並集結出版為27卷單行本。臺灣方面，目前由東立出版社代理發行。

[5] 日本漫畫作品，原名《ドラゴンボール》，作者為鳥山明。自1984年起，於日本集英社旗下漫畫期刊：《週刊少年JUMP》連載，至1995年完結，總計出版42卷單行本。臺灣方面，目前由東立出版社代理發行。

[6] 日本漫畫作品，原名《聖鬥士星矢》，作者為車田正美。自1985年起，於日本集英社旗下漫畫期刊：《週刊少年JUMP》連載，至1990年完結，總計出版28卷單行本。2002年起，陸續衍生多部外傳作品；2004年，本篇再開新章，以《聖鬥士星矢：天界篇序奏》連載於日本集英社旗下漫畫期刊：《SUPER JUMP》。臺灣方面，目前由青文出版社代理發行。

[7] 日本漫畫作品，原名《スラムダンク》，作者為井上雄彥。自1990年起，於日本集英社旗下漫畫期刊：《週刊少年JUMP》連載，至1996年完結。總計276回，並集結出版為31卷單行本。臺灣方面，由於原代理商：大然文化事業股份有限公司出版社歇業，目前由尖端出版社代理發行。

[8] 日本漫畫作品，原名《花より男子》，作者為神尾葉子。自1992年起，於日本集英社旗下漫畫期

丸子》[9]、《名偵探柯南》[10]……；抑或是鋒頭正健、人氣持續高漲的《航海王》[11]、《火影忍者》[12]、《BLEACH死神》[13]、《銀魂》[14]、《家庭教師HITMAN REBORN!》[15]、《黑執事》[16]……等等，這些作品，總能透過引人入勝的故事及鋪敘手法，帶領讀者走進想像的世界，實現冒險與憧憬。

　　不過，漫畫一詞所代表的意義，其實不僅如此。儘管隨著數位多媒體科技的進步，越來越多耳熟能詳的漫畫作品被轉製、開發成各類ACGT商品[17]，讓人們對於漫畫的認識，總停留在娛樂及商業的層次；但事實上，

刊：《MARGARET》連載，至2004年完結，總計出版37卷單行本。臺灣方面，目前由東立出版社代理發行。

[9] 日本漫畫作品，原名《ちびまる子ちゃん》，作者為さくらももこ。自1995年起，於日本集英社旗下漫畫期刊：《RIBON》連載，至2005年完結，總計出版15卷單行本。臺灣方面，由於原代理商：大然文化事業股份有限公司出版社歇業，目前無特定單位代理發行。

[10] 日本漫畫作品，原名《名探偵コナン》，作者為青山剛昌。自1994年起，於日本小學館旗下漫畫期刊：《週刊少年SUNDAY》連載至今。已出版73卷單行本，臺灣方面，目前由青文出版社代理發行。

[11] 日本漫畫作品，原名《ワンピース》，作者為尾田榮一郎。自1997年起，於日本集英社旗下漫畫期刊：《週刊少年JUMP》連載至今。已出版64卷單行本，臺灣原譯名為《海賊王》，由於原代理商：大然文化事業股份有限公司出版社歇業，故改由東立文出版社以《航海王》之名代理發行。

[12] 日本漫畫作品，原名《NARUTO -ナルト-》，作者為岸本齊史。自1999年起，於日本集英社旗下漫畫期刊：《週刊少年JUMP》連載至今。已出版58卷單行本，臺灣方面，目前由東立出版社代理發行。

[13] 日本漫畫作品，原名《BLEACH -ブリーチ-》，作者為久保帶人。自2001年起，於日本集英社旗下漫畫期刊：《週刊少年JUMP》連載至今。已出版53卷單行本，臺灣方面，目前由東立出版社代理發行。

[14] 日本漫畫作品，原名《銀魂-ぎんたま-》，作者為空知英秋。自2004年起，於日本集英社旗下漫畫期刊：《週刊少年JUMP》連載至今。已出版為40單行本，臺灣方面，目前由東立出版社代理發行。

[15] 日本漫畫作品，原名《家庭教師ヒットマンREBORN!》，作者為天野明。自2004年起，於日本集英社旗下漫畫期刊：《週刊少年JUMP》連載至今。已出版36卷單行本，臺灣方面，目前由東立出版社代理發行。

[16] 日本漫畫作品，原名《黑執事》，作者為枢やな。自2006年起，於日本スクウェア・エニックス（Square Enix）出版社旗下漫畫期刊：《月刊GFantasy》連載至今。已出版為12卷單行本，臺灣方面，目前由東立出版社代理發行。

[17] 即動畫（Animations）、漫畫（Comics）、遊戲（Games）、玩具（TOY）的縮寫。ACGT概念

滿坑滿谷的週邊商品，不僅說明漫畫產業擁有廣大的市場、驚人的產值，更代表了背後各個環節的存在，以及彼此多樣化的整合過程。

圖1　漫畫文化結構概要示意圖

如圖1所示，現代漫畫產業的構成及運轉，至少須與七大面向互為表裡，才足以和商業操作結合，形成跨平臺產業的獲利條件，並取得活水般的發展動能。換言之，商業要素在漫畫所形成的蘊涵系統中是屬於另外一個重要的環節；相較於作品及其創意的誕生，營利的模式與功能，早已具備大致的基礎。也正因為如此，足夠的產業成熟度，令漫畫與消費者互動的過程更顯緊密。當各類圖像、影像、遊戲、模型產品，逐漸依循個人喜好，進入消費者的私人領域，每一環節根源自作品內容的應用及衍生，最後也將進入生活範疇中，開展成文化議題的嶄新疆域。

　　基於各種原因，漫畫閱讀的功能與意義，向來不為臺灣民眾所關注。各界甚至時有議論，認為漫畫作品高自由度的題材表現，不僅容易影響青少年讀者的身心發展；以圖像為主的敘事方式，更可能養成讀者只瀏覽

延伸自ACG一詞，該詞彙於1995年時，由臺灣動漫愛好者所發起、推廣，並流傳至中國大陸、香港、星馬等華人社會，與日本泛指漫畫相關文化之MAG一詞互承輝映。

畫面的慣性，以至於荒廢文字閱讀，造成思考能力的低落……。其實漫畫故事一如文學、電影等各類創作型態，隨著閱讀對象的分眾，必將產生不同調性的主題與劇情，對於青少年身心發展的影響與否，其實必須要看配套及管理措施的周延程度，與漫畫創作創意的內容如何，其實並無絕對關係。針對此項議題，坊間許多探討我國審查及分級制度的篇章、專文皆有論及。

漫畫是一種整合了圖像、文字與符號元件的敘事型態，只要懂得閱讀方法，過程中各種對於感官知能的召喚，不僅不會造成挑食般的閱讀癖候，更能協助讀者具體挖掘內在感受，整理大量經驗素材。以下，本文將依據漫畫表現的方式及特性，針對漫畫閱讀的操作及效應，說明其如何深化寫作訓練、提升思維能力。

二、有圖有真相，沒圖很抽象

許多人認為，寫作能力的培養與進步，理當來自於文字能力的訓練。於是衍生了技法的討論，開展出各式各樣的課程；但事實是，這樣的脈絡，往往產出許多精於章法、博於修辭，卻不知如何運用，用於何處的理論家和學習者。寫作能力的真義，或許不只有在於How to do，不只在於文字用法及知識的追逐；其實是如何心領神會，如何解答更原初、更具體的疑問：Do what？也應該是我們所關心的重點。

圖2　視覺與語文機制關係示意圖㈠

如圖2所示，聽、說、讀、寫等各種語文能力，其實形成自人類腦內思維的組織運作；另一方面，思維能力的掌握，卻又必須透過素材的應用，不斷在腦海中整合、重現各種物象與感官經驗的資訊，才足以支持理解和表達。由此可見，儘管大眾普遍認為語文能力可以透過聽、說、讀、寫等主題訓練獲取個別成長；但是啟發學習者具體思考的知能，使其具備自行記憶、提取、連通各類物象、畫面以及情境感受的能力，並藉以反覆投射具體經驗，透過認知整合的應用累積，以瞭解語言及文字的表現特性，嫻熟其運用方式，也是我們不可忽略的要素。

圖3　視覺與語文機制關係示意圖㈡

視覺是人類自出生以後，直接能夠大量接收、辨別、認識外界訊息的管道。研究指出，人類雖然擁有視、聽、嗅、味、觸等五種感官，但經由雙眼獲取的信息量，卻高達80%以上。儘管歷史的演進，令人類發展出語言、文字等輔助工具，藉以滿足表達、溝通、記錄等需求；但就本質而論，語、文系統的獨立與完整，其實仍來自於視覺機制的基礎，是一種將大量視覺及感官連動經驗加以概念化以後，利用中繼媒介的指涉功能，所交互建構出的應用網絡。這樣的基礎，令人類多元而複雜的感官經驗，得以立足於視覺印象的承載，將所有相關的瞭解、體會統合至某一特定的物象，完成直覺卻清晰的認知整合。

舉例來說，檸檬一詞，其詞彙解釋為：

常綠灌木或小喬木。枝上有刺；橢圓形葉，線形葉翼，嫩

　　　　葉爲紫紅色；花爲白色帶紫，略有香味，單生或3〜6朵成
　　　　總狀花序；檸檬的果實爲橢圓形柑果，黃色或紅色而有光
　　　　澤，皮薄，果肉極酸。

儘管已明確寫出果肉極酸，但這段資料性的敘述，對讀者與其唾腺而言，其實不太具有刺激的效果。不過，對於曾有食用經驗的讀者來說，一旦在閱讀過程中，腦內出現片段的檸檬影像，將檸檬的圖像和文字解釋結合，那麼過往食用檸檬的體驗，便很容易受到牽動，進而喚醒對於引文的知覺，找回記憶中鮮明的酸意。

　　人類制定文字符號，令人類得以透過意義的賦予，利用簡單的線條結構，完成複雜的訊息傳遞。但也正是因為如此，所以文字系統的沿用與成熟，反而在使用者的認知歷程中，劃出了理解與想像的隔閡。所謂理解，指的是訊息接受者完成了意義及概念的取得，一如讀者閱讀文字作品時，內心逐步跟上文詞變化、懂得詞句意涵的過程；至於想像，則近似所謂的聯想，指的是腦內對於所接受資訊的具象化處理，以及基於該處理結果，所進一步延展出的相關內容。例如讀到寒冷一詞時，不僅先完成了字面意義的理解，取得了低溫、不暖熱等概念認知，更具體回溯經驗與所知，在腦中衍生出冰天雪地、霜樹白瓦等一系列具體畫面；甚至再以這幅寒冬景象為基礎，接續腦內畫面的獲取，完成週遭景物、房舍外觀、屋內人事……等連串情狀的設想。

圖4　視覺與想像機制關係示意圖

　　多數人認為理解與想像是一組互為表裡的因果關係。在這樣的思維中，理解的建構與取得，是因為想像提供了具體的情報與週遭資訊，所以接受者才有足夠的條件進行認知；但對於已熟悉文字使用的文明社會而言，往往無須啟動想像機制，便已能夠反射而直覺性地取得理解。以疼痛為例，面對以語、文型態所進行的訊息傳遞，不適、不舒服等表面理解，已足夠令接受者形成錯覺，以為已充分完成意義的取得。這樣的狀況，不僅使得想像不再是為訊息傳遞過程的必要操作，甚至就連聯想的啟動、感受的效應，也不再有必然發生的機會。

三、引導讓你發現，察覺讓你思考

　　經由視覺，人類能將所有看見的東西，以畫面的樣貌，存取為腦中具體的記憶。這段過程，將使原本實存於時空之間的立體物象，被轉化為相片式、概括式的印象認知。由於對漫畫而言，將人、事、時、地、物等立體事物所構成的認知要素加以平面化、印象化處理，同樣是為呈現內容的必要方式；因此，無論畫得精不精準、像或不像，視覺經驗的疊合與連通，便令讀者得以透過圖像的媒介功能，在線條間看出各種事物的存在。

圖5　漫畫閱讀與認知概念示意圖

　　閱讀漫畫的過程，讀者必須不斷聯結腦中已知的物象，藉以開啟既有的感官經驗，協助自己接收、辨識、應用大量的視覺資訊。否則便不足以跟上逐格逐頁的連串敘事；這樣的認知模式，也令漫畫圖像擁有更大的表現自由，得以進行高程度的變形與誇張。相較於文字系統，漫畫圖像所建

構的閱讀機制，本就具有實質的訓練功能，引導讀者操作具體思考，刺激
腦內素材與思維能力的銜接。這不僅是漫畫成功整合圖像、文字與符號元
件，形成獨特表現型態的重要基礎；另一方面，更是漫畫能夠與寫作議題
互動，體現其多元功能的主因。

圖6　漫畫敘事範例㈠

　　以漫畫為對象，圖像閱讀的具體特性，將引導讀者不斷發現、體察各
種資訊。在圖6的例子中，一名西裝筆挺的男子，正半低著頭，緩步向前
行進。在此同時，前方另有兩個人面對著他；根據褲裝、鞋款判斷，這兩
個人，應該同樣也是男子。在落葉飄零的街道上，一名身著西裝的男子，
正低頭走向兩名面對他的男人……；假如進一步挖掘，更能連帶找出周遭
的時間及空間線索。由此可見，以引導寫作的角度而言，作為參考素材，
一格簡單的漫畫圖像，已同時拋出連串饒富趣味的問號，等待讀者依循
人、事、時、地、物等認知要素，在自問自答間，發想出各種不同情境、
不同因由、不同開展的情節書寫：
　　1.男子身著西裝有何意義？
　　2.男子為何半低著頭？
　　3.男子為何行經狀似公園的空間？
　　4.前方的兩名男子，為何站定且面向來者？
　　5.前方的兩名男子，鞋款為何有差別？

6.兩名男子之間隙甚為狹窄？

7.三人是否有所關聯？抑或僅為陌生人？

相同的效果，亦可自單幅漫畫中獲得：

圖7 單幅漫畫敘事範例㈠　　圖8 單幅漫畫敘事範例㈡

　　單幅漫畫是一種著重於情境及氛圍的圖像創作，往往透過看似簡單的線條，於方寸間勾勒出莫大的想像。以圖7為例，一名衣著畫滿鳥群圖樣，手持望遠鏡的賞鳥人，正一臉狐疑地被鳥群圍繞；而圖8中，則是一名身處廁所的搶匪，正帶著滿臉複雜的表情，莫名地渾身淋著水……。顯而易見的是，單幅漫畫所有的畫面資訊，其實都帶有豐富的意涵，等待讀者在觀察、玩味的過程中，獲取每一分散落在表情、物件與空間配置的零碎線索，拼合成令人會心一笑的妙趣。作為書寫訓練的素材，這樣的圖像內容，不僅如同前述所言，有其引導寫作的輔助功能，更因為有效驅動了思維的整合操作，而為後續語言化、文字化的延伸練習，提供出各種一時之間僅得意會、難以言傳的詼諧標的。

　　另一方面，立足於單一畫面所建構的閱讀基礎，漫畫特有的串接敘事特性，亦強化了引導寫作的功能。圖9中，四格漫畫間的接續功能，使得單一事件的發生與結束，得以透過近似於起、承、轉、合的寫作章法，獲得相對完整的進程表現。因此，讀者能夠清楚掌握，一對男、女士兵受上級指示而到野外出勤，最後眼見天候和煦，索性就地徜徉的經過；儘管箇中情境資訊的濃度，無法和單幅作品相提並論，但創作型態與表現的差異，

卻形成了明確的參考經緯，令操作書寫及聯想的過程，有了具體的骨幹。

圖9　四格漫畫敘事範例

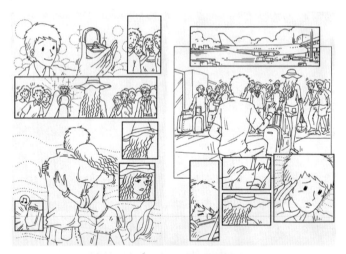

圖10　連環漫畫敘事範例

　　同理，連環漫畫的敘事手法，更將此種優勢發揮到極致。在圖10的例子中，一名男子企圖挽留將要遠行的女友，於是拿出璀璨的婚戒，在機場單膝下跪，淚眼奉上滿心的真誠……。連環式的圖像運用，令事件中各種場景、動作、物件、情緒等情境要素，獲得了更為寬廣的表現空間。此時，圖像閱讀的操作，不僅能夠完整發揮視覺機制之於感官經驗、腦內素材的知覺整合功能；隨著圖框變化而導入的節奏要素，更將深化讀者內心

的感受。至此，一頁簡單的漫畫敘事，已足夠導出一系列情節的咀嚼、故事的表述；以協助書寫練習的角度而言，這是漫畫作品與漫畫閱讀，所能產生的第一重效應。

四、他是你，你也是他；你是我，我也是他

在連環漫畫的閱讀行為中，視角的辨識與變換能力，是不可或缺的重要條件。許多讀者因為缺乏這項知能，所以無法掌握走格動線，難以跟上敘事的行進。

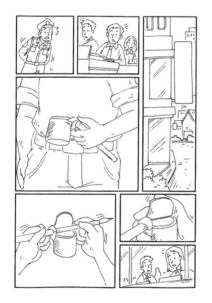
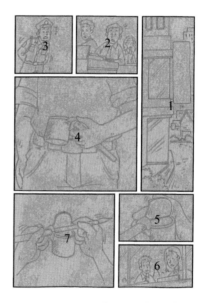

圖11 視角辨識與漫畫敘事(一) 　　圖12 視角辨識與漫畫敘事(二)

在圖11的例子中，適合使用的閱讀視角，其實並不限於主角視點或旁觀視點。儘管因為格(4)的存在，使得整頁敘事圖像，似乎只能使用旁觀視點，認知為旁窺攝影畫面般的狀態：

1.呈現於畫面中的空間資訊——街景。

2.建築物中，周遭人士呈現驚訝的表情。

3.建築物中，警務人士呈現驚訝的表情。

4.一名男子取出隨身筆墨。

5.男子以右手打開墨盒上蓋。

6.目睹此狀，周遭人士的表情及動作。

7.男子左手持起隨身筆墨，以右手抽取隨身毛筆。

　　但事實上，這一連串敘述，其實是綜合使用主角視點與旁觀視點的結果：

1.主角視點：主角眼中的空間資訊——街上的銀行。

2.主角視點：建築物中，周遭人士以驚訝的表情觀看主角。

3.主角視點：建築物中，警務人士以驚訝的表情觀看主角。

4.旁觀視點：一名男子取出隨身筆墨。

5.主角視點：主角以右手打開墨盒上蓋。

6.主角視點：目睹此狀，周遭人士以驚訝的表情觀看主角。

7.主角視點：主角左手持起隨身筆墨，以右手抽取隨身毛筆。

　　如同前文所述，由於格(4)的畫面內容，是主角無法自行產生的視覺狀態，因此對於讀者而言，一旦直覺採用單一視角進行閱讀，及至格(4)，便容易形成認知障礙，進而擾亂原先以為的閱讀動線，迷惘於走格次序的判斷。這樣的狀況，說明了漫畫閱讀的操作，同時也能訓練讀者情境體認及角色扮演的能力；就結論而言，在閱讀漫畫的過程中，所有出現於畫面中的角色，其實都是讀者自己的分身。

　　圖11的格(2)、格(3)與格(6)，儘管主角或旁觀視點皆可取得理解；但細究而論，讀者之所以能夠判讀箇中人物的情緒，多是因為在閱讀時，曾針對角色表情進行揣摩。換言之，這段自行跟進、臆測的過程中，讀者其實已疊合、扮演過這些配角及身分；只因體驗過於短暫，所以並未留下具體印象，容易混淆於旁觀視點的認知結果。

　　這樣的基礎，令漫畫作品除了能夠依據具體圖像，循視覺機制引導寫作；更能夠透過角色與對話，發揮其激發想像、協助書寫的功能。

　　在圖13的例子中，如果除去對話，單就畫面所呈現的引導功能，可知兩名貌似不良分子的男子，於行車時衝撞電線桿，發生足以扭裂車體的嚴重意外。過程中，讀者儘管針對兩人臉部表情，進行過短暫的情緒揣摩；

但相較之下，輔以對話資訊的表現方式，將更能具體促成其角色扮演的操作。

圖13　角色對話與漫畫敘事㈠

　　參考對話內容，可知圖中兩名遭遇車禍的男子，曾與一名老者產生關聯。此外，右方男子的說話與情緒，亦明顯傳達兩人之所以狼狽至此的原因，和老者的互動過程；因此，只要再輔以左方男子的說話內容，便可得出以下資訊，此為漫畫閱讀藉由角色扮演及對話機制，協助書寫者的基本型態：

1. 兩名貌似不良分子的男子，因為與一名老者互動，致使衝撞電線桿，發生車禍意外。
2. 該名老者似乎做了某些令人不可置信的行為，導致兩名男子的座車衝撞電線桿。
3. 該名老者的外出及行動自由，似乎受學校上、下課時間約束；換言之，老者的身分，可理解為會出現在校園裡的老人，也就可能是校長、老師、工友、行政人員……等。

　　另一方面，若將前述之基本型態加以應用，則寫作訓練的執行與內涵，將更為多元，更為有趣：

　　圖14為淡江大學中國文學學系‧語文能力表達課程曾使用之實測。該題型以漫畫閱讀之引導功能為基礎，令學員得以經由圖像資訊，獲悉概略

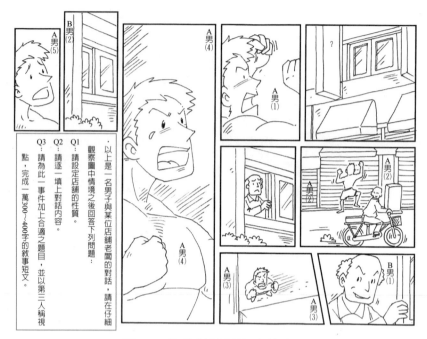

圖14　角色對話與漫畫敘事㈡

而籠統的認知條件（即人、事、時、地、物……等）；但卻刻意懸置圖中店舖的屬性，藉以給予具體疑問：究竟該賣什麼東西，才會在夜半時分，令人顧不得上身半裸，仍著急地吶喊呼告。另一方面，亦分別消去箇中對話，協助答題者執行想像及扮演狀態，並深入體察、揣摩角色情緒，在銜接表情及動作的過程中，產生合於情境的對白。結果證明，此番訓練方式，不僅能令學員在時間限制內，有效完成300至400字的故事短文；下列五項必須填補的重要資訊，更意外激盪出各種創意設定：

1. 究竟賣什麼東西的店，會令人在半夜裸著上身，著急地前來？
2. 敲門者為何在半夜的街道上赤裸上身，僅著一條平口褲？
3. 右下角的畫面中，開窗者說了些什麼，導致敲門者著急咧嘴、含淚呼喊？
4. 敲門者大喊了些什麼，反而使得開窗者轉身離去？
5. 商賣行為以外，兩人是否另有關係？

· 上圖是一對男女於行車途中的對話，請仔細觀察圖中情境與表現，並依序回答下列問題：

Q1：請設計以下兩項內容要素──
(1)圖中男女關係為何？(2)男子欲送女子前往何處？

Q2：請依序填上對話內容。（請留意說話者與對話次序！）

Q3：請就此一內容，以第一人稱視點，完成一篇300～400字的敘事短文，並加上合適之題目。

圖15　角色對話與漫畫敘事(三)

　　圖15亦為淡江大學中國文學學系・語文能力表達課程曾使用之實測。相較於圖14，該題型之設計重點，並不在於顯著的角色行為、情緒表達；反倒希望學員以車內空間為基礎，體察交通工具所代表的移動、接送等行為意義，具體探究圖中男、女的關係。由於沒有鮮明的肢體動作，因此必須不斷變換立場及思維，透過細膩的角色扮演及表情判讀，獲取必要的解題資訊。結果顯示，次序分明的答題進程，能夠有效引導答題者進入角色狀態，以第一人稱完成獨白式的文字表述。

五、換一扇窗，會看到不同的世界

　　跳脫工具般的輔助功能，本是故事產物的漫畫作品，在漫長的發展道路中，其實留下了許多前進的足跡。如果寫作可以透過引導的方式，在發現與體覺的過程中，循圖像找出可行的方向；那麼下一階段的提升，便是執筆者必須自我要求，成為可以自行產生、處理故事創意的書寫人。

　　綜觀至今各類漫畫創作，對於文化素材的消化及應用能力，可說是邁向經典的必要法則。眾所周知，歷來所有傳世不朽的傑出作品，無一不曾鎖定具體而明確的文化面向，藉以揉合輔成要素，形成扎實而完整的世界觀，承載著厚實卻引人入勝的情節。以足球作品為例，其劇情結構大致可區分為三大組件，分別為：

1.角色特性
2.戰術元素
3.旁枝情節

　　前者一如大空翼之於飛翔抽球、田仲俊彥之於黃金左腳、高杉和也之於足球狂人、不破大地之於另類守門員、荒木龍一之於輕佻的天才……等個別設定；中者為越位陷阱、兩翼吊中、水井吊筒戰術（鳥籠戰術）……等策略運用；後者則如同日向小次郎身世、高杉貫一與末次浩一郎、白石健二與田仲夏子、逢澤驅與亡兄……等不屬於足球議題的情節開展。一般狀況下，此三大環節彼此搭配、夾敘夾述，構成了概念中的足球漫畫；除此之外，箇中比重的調配，自然也代表了該作品所希望強調的部分。因此，前述所分別提及的《足球小將‧翼》、《足球風雲》、《足球好小子》、《哨聲響起》、《足球騎士》等多部作品，儘管都以足球為主題，將劇情附著在足球運動所形成的文化系統間；但上述各部作品的故事特性、表現方式、閱讀感受等條件，卻又往往大異其趣。

　　提及文化素材的消化與應用，日本漫畫對於《三國演義》故事的沿承及改創，至今已產生多部值得探究的作品。《異鄉之草‧三國志連作集》是日本漫畫家志水アキ的短篇創作。所謂連作集，意指在主題相同的情況下，由數則短篇故事所結合起來的作品集；換言之，既然名為《三國志連作集》，那麼主軸自然與《三國演義》相關[18]。

18　必須說明的是，儘管對華人而言，《三國志》與《三國演義》，分別代表了歷史及小說兩種截然不同的意義；但日人所使用的「三國志」一詞，卻來自於1939年，由日本小說家吉川英治以《三國演義》譯本為材料，所完成的《三國志》小說。該作品於《中外商業新報》連載四年，獲得市場廣大迴響；1943年下檔後，由講談社出版為單行本，至今仍銷售不輟。換言之，日人所謂的三國志，其實並不涉及正史的判斷意識，指的是他們所熟悉的三國故事，也就是改編自《三國演義》，名為《三國志》的日文小說。

圖16　漫畫創作與文化應用㈠

　　《異鄉之草》中，志水アキ藉由虛構的筆法，將黃忠、鍾會、甘寧、孟獲、簡雍等歷史人物的故事，敘述成另一個誰都知道，卻又誰都不熟悉的三國世界。故事中，黃忠希望像巨岩般強韌、忠於自我，後來影響了趙雲；故事中，鍾會天資聰敏，卻因為兒時境遇，而始終盼望著母親稱讚自己；故事中，本是江賊的甘寧，因為一再看見自己兒時的幻影，所以不斷找尋人生方向；故事中，本是漢人的孟獲，為避禍而拋妻棄子，最後與祝融一起捍衛蠻族；故事中，不拘小節、隨性爛漫的簡雍，陪著兒時玩伴——劉備一起爭討天下，目的是一睹未曾見過的世界與樂趣……相較於該作者前一部三國題材的作品：《怪力亂神・酷王》中滿天飛舞的神魔、穿古越今的情節，《異鄉之草》因為沒有忽略真實的質感和重量，相輔相成之下，確實援用了時代與歷史的風華，雖然全是虛構的情節，卻得到讀者閱讀三國以外的感動。

　　《異鄉之草・孟獲傳》一篇，作者選用流轉於野史的傳說，將南蠻王孟獲設定為極其平凡的漢人雜役——孟趙。為瞭解救年紀與生女相仿的南越奴隸——祝融，使其免於受人染指、蹂躪，孟趙棒殺了獸慾薰心的領班，令自己走投無路，只能改名換姓，隨祝融逃奔南蠻。兩年間，改名為

孟獲的他，體會了南蠻人民的善良、質樸，瞭解身為漢人的自己，過去如何執著一己偏見，將其視為蠻夷野人種；此時，孔明揮軍南征，思念妻小的孟趙，面對南蠻人民激昂的邀戰，再也按捺不住內心的衝動，決定拋下異族的恩人們，連夜奔向蜀營。不料，祝融先一步擋在帳前，寬衣解帶，以行動留下孟趙。參戰途中，不忍蠻兵無謂犧牲的他，漸漸站上前線，即便受俘於孔明，亦在坦承自己本為漢人的同時，嘶吼著蠻族的情誼與處境，認為非漢人者，也該被看待為人。一席聽畢，孔明解了縛繩，承諾將澄清吏治、修量賦稅，面對拒絕返國的孟趙，一句孟趙已死，說明了再也沒有蜀地之孟趙，取而代之的，是南越之王孟獲的誕生。

若以創發故事作為書寫訓練的進階目標，虛構筆法的存在，必然是創作發想的一大助力。然而，以《怪力亂神・酷王》中滿天飛舞的神魔、穿古越今的情節為例，過度虛構的劇情，容易造成敘事支點的脫軌化，令讀者產生疑惑：似乎故事不發生於原訂時代也無妨？如此將難以發揮虛構筆法的優勢，無法在七實三虛、見山不是山的微妙抽離之間感，塑造出情節及內容的張力。

以〈孟獲傳〉為代表，《異鄉之草》中的五篇虛構故事，說明了如何透過精準的假設，利用各種被認定的已知，微調出創意的途徑。一如志水アキ所嘗試的提問：如果孟獲其實是漢人？許多時候，其實只要找出故事結構的基礎因子，便足以透過輕微的扭轉，牽動一切因果關聯，形成執筆者開創性的思考。

六、別把讀者趕出故事

同時擁有具體表現力與高度變形自由的漫畫圖像，可說是最能夠展現虛構創作的優勢載體。至今，多數經典作品確實都汲取著想像的養分，在圖框中實踐並茁壯著各類型的創意思維。無論是超越光速的拳頭、雌雄同體的變換體質，抑或是飛天遁地的術法、奇形怪狀的異獸……只要翻開《聖鬥士星矢》、《亂馬1/2》、《火影忍者》與《航海王》，多麼令人咋舌的光景，都能化為實際的畫面，呈現在讀者眼前。

　　然而，如此紛陳的虛構及誇張要素，應如何進行調配，才不至於重蹈覆轍，脫軌於應有的故事背景、整體氛圍？以寫作內容的創發訓練著眼，合理與效果間的抉擇，猶如極其精密的天秤。

　　《潮與虎》是日本漫畫家藤田和日郎的長篇創作，其文化素材的化用標的，來自日本民族所固有的妖異崇拜，進一步探其本源，該作也將我國遠古神話中的神怪傳說，一併納於其中。總括來說，《潮與虎》不僅縱貫日本列島，將雪姬、鐮鼬、天狗、座敷童子等日式怪談中，日人所耳熟能詳的精華加以融匯；更囊括了陰陽術、茅山術、中國神話、仙人及桃花源，穿梭歲月與國度，以開散自《山海經》的九尾狐故事為基礎，銜接出現代東瀛最棘手的危機。

　　《潮與虎》的故事大概是這樣的：一柄來自遠古中國的降妖之矛，裡頭寄宿了鍛造者——義龍的靈魂。為了繼承父親的遺志，更為了替捨身鑄劍的母親、妹妹報仇，義龍以自身的血肉，化成了連結鋼劍的槍柄，穿越千年的時光，只為尋找合適的操持者，完成復仇的悲願，消滅那顛亂無數城國、揉碎了無數天倫家庭的邪妖——九尾狐。不知過了多久，一位名喚蒼月潮的少年，在自家寺院的地窖裡，發現了一隻獅狀大妖，已被獸矛釘鎖五百餘年。少年拔起那支長矛；不僅開啟了彼此的因緣，更令二十世紀的日本，化成一方妖異橫行的國度……。事實是，妖魔輩出的世界，原本是個超現實的設定，極度缺乏真實感；但作者卻透過設計與經營，將角色各自的行為舉止，處理出常人般的思維邏輯。這樣一來，便形成了異常世界與正常人類的組合，能夠藉由讀者在認知過程中的代入及投射，快速削弱世界觀所造成的衝突感，使其逐漸融入背景設定，將之理解為現實世界的變形。

　　反過來說，假使故事背景甚為平凡，但情節開展和角色行動的邏輯，卻不符合一般的常識與人性；這樣一來，便將形成正常世界與異常人類的組合，不但無法引導讀者的投入與認同，更將給予種種困惑，將其推離故事的情境。例如早期言情小說中，往往存在許多看似深刻、動人，但實際卻極不合理的情節；明明不必大吼大叫，更不用撞牆、跳樓或以死相逼，但這類故事中的角色，卻總會理所當然一般，反應得匪夷所思。不能否

認，這類劇情必將造成明顯的張力；但顯而易見的是，這些表現與效果，卻一點也不符合正常，不符合普世與生活的標準。也就是說，這類作品所帶給讀者的感動，其實並不具有實質的內涵，而是某種強制營造的效果；不但沒有突顯、傳遞出什麼，反倒流於設計、渲染，容易導致讀者切割自己與故事世界的關聯：那是個相似於真實世界，但卻本質不同、難以理解的世界。

　　作品與故事的價值，在於能否感動人心。而感動來自於事物與情感的深刻；我們應該可以進一步反思，不僅作者是人，有其喜怒哀樂的標準，讀者與觀眾也是人。就如同合唱一般，當一群人共同接受一部作品時，彼此思維、判斷的依據，將隨著若有似無的群體意識，越往客觀的、原有的軌跡聚集。因此，同樣身為人的讀者，將會直覺而明確地審視，劇情與角色所反應的變化，是否身處在能被自己理解的系統當中；其結果，自然也直接影響作品感動人的能力，以及其深入人心的程度。

七、練習單元

1. 換位書寫：
    A. 請假設自己為任一動漫人物（或道具），針對自身經歷、人際關係、內心衝突等面向進行擇一或綜合表述。【500字以上】
    B. 請以任一動漫人物（或道具）為標的，透過旁觀者視角，針對其個人心路歷程進行評述。【500字以上】
2. 元件應用：
    A. 請選擇一項特定日常用品，針對其核心組件、外部特徵進行綱要式拆解，並找出滿足相同條件之其他事物。【須具體說明兩者諸部位的等同邏輯】
    B. 請選擇一項特定交通工具，針對其核心組件、外部特徵進行綱要式拆解，並找出滿足相同條件之其他事物。【須具體說明兩者諸部位的等同邏輯】

3. 系統聯想：

A. 請選擇一常用詞語進行圖像式聯想，羅列其周邊相關景像、事物及可能相關的人員。【搭配繪畫表現尤佳】

B. 請拍攝一任意相片進行組織式聯想，觀察其內容景像、事物及相關人員等資訊，選擇一常用詞語作為標題。【須以條列項目形式，具體說明標題詞語與相片內容之關聯邏輯】

4. 文案組合：

A. 請選擇任一動漫作品中的道具，以其功能、相關故事、持有者為資訊素材，書寫一篇百字文宣、一句Slogan（20字以內），並標明售價。

B. 請為任一日常物品尋找可對應之動漫內容，並援用功能、情節、持有者等動漫故事資訊進行誇飾包裝，完成一篇百字文宣、一句Slogan（20字以內），並標明售價。

5. 相片問答：

A. 請拍攝一任意相片，針對畫面內容列出五個可自由發想的提問，並以相關解答為核心資訊，組織一篇可搭配相片之配圖短文。【200字以內】

B. 請選擇一任意歷史相片（即圖像文獻），針對畫面內容列出五個可自由發想的提問，並以相關解答為核心資訊，組織一篇可搭配相片之配圖短文。【200字以內】

第六章
求職面試的藝術與常識

陳大道

　　「面試」是求職者展開新的職業生涯之前重要關卡。初次踏入社會的求職者，縱使有過不同階段的「升學面試」或各種打工經驗，對於即將見到的徵才單位面試官——可能掌握聘任大權，難免心生疑惑：如何和陌生的面試官談論自己？對方已經透過先前書面審查瞭解自己？對方是否有不可觸犯的忌諱話題？對方是否已有內定人選，自己只是來「陪考」？……鑑於「求職面試」潛藏著太多不確定因素，各行各業也存在著不同的「行規」，在此情況下，求職面試過程之間是否仍然存有不變的真理？答案是肯定的！因為，「求職」向來是人類社會一項重要活動。以大學畢業生為對象的《哈佛商學院教你找到好工作》（*The Harvard Business School Guide to Finding Your Next Job*）指出：「求職本身也是宣傳與銷售的過程，但大多數求職者都缺乏這兩方面的訓練。」（頁13）他舉一本1937年出版的求職指南為例，說明該書所提出的求職忠告，雖然背景是在傳真、電子郵件尚未發明的二十世紀上半葉，今日仍然適用。

　　古今中外許多文獻資料，都有發人深思的求職教誨。春秋時期孔子周遊列國期望獲得明主重用，曾感慨發言：「沽之哉！沽之哉！我待賈者也。」（《論語‧子罕篇》）。這種期望能找一份好工作的「待價而沽」心理，帶給「人力資源的供給與需求」一種買賣交易的聯想，事實亦是如此，求職者與面試官彼此之間的互動關係，類似伴隨「供給與需求」而來的討價還價商業行為。求職者扮演買方的角色，以自己的「能力」與「誠意」向徵才單位購買「職缺」，徵才單位則是以「職缺」為商品，衡量求職者的「能力」與「誠意」。同樣地，為了確定徵才單位的誠意，求職者在面試之前，基本上也應該做好「三大準備與七不原則」的規劃。

「三大準備」是：1.蒐集應徵公司資料；2.面試時間地點告知親友；3.檢視應徵資訊屬實。「七不原則」是：1.不繳錢；2.不購買；3.不辦卡；4.不簽約；5.證件不離身；6.不飲用他人提供飲料；7.不從事非法工作。（《104年青少年職涯領航手冊》，頁28-29）

　　面試困難嗎？這個問題沒有一定的答案。《韓非子‧說難篇》提醒知識分子應該如何小心翼翼地「遊說人主」，方能獲得重用。今日市面上教導「面試」、「求職」相關書籍，亦不乏警告求職者切勿違反某些細節，否則求職無望。《哈佛商學院教你找到好工作》指出：「不要理會那些你做不來的求職訣竅，但是也不要躲避求職過程中比較困難的行動，例如聯絡陌生人或鮮少來往的朋友。」（頁14）許多面試時應該遵守的原則，其實就是老生常談的生活規範，例如：守時、整潔、微笑……等等，僅僅在細節部分，有不同的說法，例如，是否應該主動「握手」，有些主張握手、有些主張不握、有些主張見機行事，雖然如此，「用力握」與「大肆搖晃」都不被鼓勵。總之，各種的「面試」相關忠告，雖然有矛盾之處，不變的原則是：接受這些忠告與否的權力，掌握在求職者手中。

　　提早做準備，得到好工作的機會比較大。「面試」技巧不僅有助於積極求職者謀得理想工作，也是人際之間面對面溝通的基本常識。縱使「網路」解決問題的範圍，越來越廣，可是人類無法離群索居，終究會關上電腦，離開「宅男」、「宅女」的網路世界，與他人接觸。《哈佛商學院教你找到好工作》指出：「找工作是藝術，不是科學。」「雖然求職是藝術，但仍然有所謂有效的求職方法與作法：大都是普通常識。這些普通常識通常印證了所謂的『黃金定理』，也就是『己所欲，施於人』。」（頁12、14）總之，面試時應具備的「普通常識」，也是人與人交往應注意的基本知識。

一、徵才單位的期待

　　「面試」是求職者與面試官雙方面的事；除了掌握自己，也要瞭解對方。第一次參加「求職面試」社會新鮮人應該知道，求職面試官的心態異

於「升學面試」的主考官。過去的主考官以師長身分挑選認真向學的莘莘學子，然而，求職面試官乃是代表徵才單位尋找新進同仁。換言之，求學時代的面試是以「進德修業」為優先考量，考生是否計畫從事教職——與主考官相同的生涯規劃，未必在主考官評量範圍之內，相反地，參加求職面試的應考者一旦被錄取，往往成為面試官的同事，進而被賦予承擔「命運共同體」的責任。

(一)人脈的培養

　　基於「命運共同體」的理由，求職者與徵才單位之間，存有比「進德修業」更密切的要求。《保證錄取的面談十大祕訣》（*Hire Me! Secrets of Job Interviewing*）指出，「求職者」與「面試者」雙方，同樣期待對方具有以下特質——「感念的心」、「可靠」、「穩定」、「長期的工作承諾」、「團隊精神」、「專業能力」、「忠誠」等。（頁8-9）這些特質，往往存在於「人脈」之中，求職者應該知道，徵才單位「內舉不避親」，乃是理所當然的現象。在此情況下，積極的求職者，更應該重視「人脈」的培養。

　　《哈佛商學院教你找到好工作》建議求職者，至少將一半的求職精力放在建立人脈上。該書指出，「據估計，大約百分之六十至七十的工作，是透過人脈找到的。」此外，職位越高，透過親朋好友、同學、同事介紹的機會也會越大。（頁123）同樣地，國際性市場研究機構ORC調查，「發現上班族中平均每四個人就有一人是透過親友介紹找到工作。」（《104求職全攻略》，頁131）友達光電人力資源處長古秀華表示「許多企業都有透過員工介紹新人的機制，利用『內部推薦』不失為非名校新鮮人求職的好方法。」（《企業最愛的完美履歷打造》，頁9）可見，臺灣企業招募員工時，雖然容易注意名校畢業生，然而，一般大學生畢業後同樣可透過人脈管道——「內部推薦」獲得理想工作。總之，「求職面試」既然不等於「升學面試」，求職者透過人脈關係求職，不僅無關作弊，更是不可疏忽的一門學問。

　　徵才單位也會透過「人力仲介公司」網羅能力出眾的人才。《哈

佛商學院教你找到好工作》提醒社會新鮮人，這類公司傾向於替「雇主服務（以得到酬庸）」而非求職者，因為，仲介公司可從徵才單位抽取較為高額佣金，因此，工作經驗豐富的職場高手比較吃香。在此情況下，社會新鮮人更應積極地與值得信賴的仲介公司洽詢，「設法與搜尋機構的專業人員建立長久關係」，使得人力仲介公司成為自己的人脈。（頁142-147）

(二)實力的重要

　　另一方面，基於「用人唯才」的立場，「人脈」不無成為企業絆腳石的疑慮。提姆‧漢德（Tim Hindle）《面試技巧》（*Interviewing Skills*）向徵才單位分析，透過人脈招納新進人員固然有其優點，然而，也應該隨時做好「拒絕」的準備：

> 經人推薦而招聘來的員工，在某種程度上具有實際的技能和經驗，同時對公司的情況也會事先瞭解；另一方面，如果覺得對方不合適，但礙於情面也會不好拒絕。所以我們建議先對被推薦人進行綜合考評，並時刻做好婉言拒絕的準備。（頁14）

　　104人力銀行統計指出，求職者爭取面試機會〈履歷表〉當中，最吸引徵才單位重視的項目，依次是「工作經驗」（59%）、「自傳內容符合職務需求」（51.6%）、「求職目標清楚」（48.1%）、「畢業科系」（38.9%）、「文字表達能力」（25.6%）、「畢業學校」（12%）、「最高學歷」（7.8%）、「畢業論文或作品集」（4.4%）、「興趣」（4.1%）……。（《104求職全攻略》，頁180）。從列名在先的「工作經驗」、「符合職務需求」、「求職目標清楚」分析，這些項目都與求職者實力相關，甚至列名在「畢業科系」與「畢業學校」之前。換言之，積極的大學生在選擇未來職涯目標時，不應滿足於就讀科系專業知識的及格分數，還應加入相關行業

的打工經驗，以及「證書」、「執照」的取得，對於非本科系的求職者而言，相關工作經驗以及證照取得，尤顯特別重要。民國104年的新興熱門證照，包括「保母人員」、「就業服務」、「喪禮服務」、「照顧服務員」、「電腦繪圖」、「人力管理」。（《104年青少年職涯領航手冊》，頁22）一般職業類別，可分為：「業務銷售」、「行銷企劃」、「餐飲相關」、「消防保全」、「營建規劃」、「醫療專業」、「補教相關」、「半導體電子」、「維修技術」、「軟體工程」、「操作技術」、「設計相關」、「金融專業」、「客服門市」、「財務會計」、「行政總務」等16項。（履歷大觀園http://www.goodjob.ntpc.gov.tw/epapernewlist.aspx?&uid=44&page=1&）更詳細的內容，可以洽詢「新北市政府人力網」（www.goodjob.nat.gov.tw）或「勞動部勞動力發展署」網站（www.wda.gov.tw）。

　　傑出人士在職場上充分發揮所長、提高整體工作效率的實例，世人有目共睹。潘國樑、邱宇溶，《面試學》指出：

> 有一個統計數字揭露，當一個公司雇用一個比平均人才還要優秀的人才時，他的生產力可以比平均人還要提升20%；同時他的業務量也可以比平均人提升123%。這項驚人的發現使得職場的選才方式起了革命性的變化。那些競爭激烈的企業必須選在第一時間就要找對人，即找到比平均人還要優秀的人。因此，現代的企業在選才的方式及面試的技巧方面不得不跟著改變。（頁5）

　　有鑑於每位參加面試的求職者，都是獨一無二的個體，徵才單位樂於提供職缺、薪水，多方網羅人才。作為徵才單位與求職者的第一次正式接觸，「求職面試」的重要性，無庸置疑。

二、面試應注意的事項

　　求職者對於自身特質、性向與專長方面，往往比旁人更瞭解自己。事實上，每一位社會新鮮人在參與求職面試之前，早已有豐富的面試經驗。最初可能是家長監護人陪伴，接受保母或幼稚園園方審視體貌特徵，年歲稍長，可能是報名參加某些需要面試的球隊、田徑隊或才藝班，在此同時，各種學科測驗，或者大專院校科系選擇，再加上假日期間打工……各種考試與面試，構成生命裡一段一段的里程碑。《面試無所畏》建議求職者掌握自己的「一般技能」、「專業技能」、「個人特質」、「資格」、「天賦」等，以增加求職信心──建立自己的彈藥庫。（頁27-59）

㈠面試前的心理準備

　　求職者進入面試場合時，應該提醒自己，「面試」需要雙方合作才能完成。提姆・漢德《面試技巧》建議，面試官以20%時間提問，80%時間聆聽。（頁42）雖然，這種方式──要求面試官將發言權交給求職者，未必被各行各業採用，然而，如果求職者真的獲得暢所欲言的機會，更應該嚴肅地與面試官配合，仔細聆聽並且耐心回答面試官提出來的問題。因為，面試官們肩負徵才單位篩選新進人員的責任，他們發問時的心理壓力，並不輕鬆，求職者應該仔細地與他們配合，切勿沉迷於對方「洗耳恭聽」的自滿，忽視對方提問，錯失回答重要問題的時機。

　　面試重點因行業別而有異。有些行業特別重視口齒清晰與語言表達流暢程度，例如，「播音員」、「業務員」、「解說員」、「導遊領隊」；有些行業對於求職者含蓄內斂的特質有所期待，例如，「會計」、「採購」、「作業員」、「機要祕書」；有些則對於求職者的身高或體型有特別的要求，例如「空服員」、「門市人員」、「保全人員」。有些徵才單位除了要求「面談」之外，求職者還得完成包括「性向測驗」在內的「筆試」，錄取結果，則要等到一個月之後才公布……總之，面試的結果可謂一種綜合考量。口舌便給的求職者也許

使得面試官動容，剛毅木訥的求職者也許真正使得面試官動心。

　　面試結束後，求職者可能未獲錄取，亦可能立刻被徵才單位錄用。對於涉世未深的社會新鮮人而言，「求職面試」是一項難能可貴的學習經驗，應該冷靜地利用面試機會，仔細觀察眼前工作環境，是否適合自己？是否安全無虞？縱使好不容易才獲得這次面試機會，也該切實瞭解工作性質，並且徵詢家人親友意見，率爾允諾不適宜自己的工作，有可能悔不當初。成功的求職面試未必以獲得該項工作為終極目標；瞭解對方、認清自己，隨時做好自我充實，才會有更多展現個人才華、改善經濟條件的工作機會。患得患失的結果，難免忽視個人真正的志趣所在。

　　「凡事豫則立，不豫則廢」，積極的求職者一方面應該撥出時間，更加深入瞭解徵才單位的經營背景、運行現況與外界口碑，再方面可以參考面試注意的「教戰手則」──包括圖書以及網路搜尋「求職面試」（job interview）的教育網頁或短片，提醒自己面試時應注意的細節。求職者應該站穩立場，主動地做好規劃，而非被動地被徵才單位選擇。舉凡師長們的指點、學姊學長親身經驗、同學儕輩與親友們的善意建議，都可提供幫助。

㈡面試時應注意的事項

　　以下提出幾項求職面試應該注意的基本重點。不僅提醒社會新鮮人注意，對於轉換職業經驗比較豐富的求職者而言，也可溫故知新，截長補短，選擇最適合自己的方式，在下一次求職面試過程中，為自己加分。

　　面試官對於求職者的觀感，在10分鐘之內已經定型。《面試技巧》提出資料指出，面試官對求職者的觀感55%來自儀表、38%來自談吐方式、7%來自措辭。所以，求職者一定要給對方良好的第一印象。（頁34）

1. 儀容

儀容的清潔整齊，透露求職者自重、自愛，不會為工作場所帶來汙染。此外，求職者適當梳理後露出額頭──如同身分證照片的造型，最能展現坦然與對方溝通的誠意。相反地，舉凡披頭散髮、濃妝豔抹、惺忪睡眼、宿醉未醒的求職者，都會嚴重破壞面試官的印象，《成功面試的第一本書》提醒：「濃妝致命的特點是破壞人臉上的表情，你臉上細微生動感人的情緒，被層層脂粉所蓋住了。濃妝還會使人喪失信心。」（頁53）《面試前一天必K：Q&A》舉例：「一位任職大型機械公司的人事主管評論，許多求職者前來應徵，他們表現專業、穿著得體、鞋子發亮，結果手指甲縫裡竟滿是汙垢。這當然是面試的大忌。」（頁50）總之，求職者可能因為忽視個人儀容整潔，遭到出局命運。

2. 衣著

求職者應穿著一套乾淨清爽、色調溫和的衣衫，或者因季節氣候，添加適合面談的外套。不要穿著流行，而是穿著得體，以配合應徵職務身分為佳，此外，除非應徵新潮行業，否則都以穿著樸實、保守為宜。比較突兀的狀況，例如：參加派對般的過多香水與首飾、郊遊野餐或家居的率性穿著，往往造成面試官的困擾，弄巧成拙，此外，「確認衣櫃裡面的面談服裝整理妥當」、「皮鞋體面大方」、「攜帶的是公事包而非超級市場的塑膠袋」等等，都是求職者出發前應該注意的細節。（《面試前一天必K：Q&A》，頁51）

3. 目光與談吐

求職者應該示以真誠的目光與面試官接觸。雖然這是個小動作，可是做出堅毅眼神的重要性，容易被人們忽略，原因不外乎害羞、沒有練習，或是不習慣。此外，應該面帶微笑。因為，面試官和我們一樣，都是芸芸眾生，如果我們先放輕鬆，就可打破僵局，

至少能使得自己覺得輕鬆。（《成功面試的第一本書》，頁57-76）接下來開口說「你好」，再來就是談談天氣以及給彼此一個深呼吸機會的類似話題。「握手」與否，則視面試場所以及面試官的態度而定，然而，傳統「欠身鞠躬」的禮節，不可偏廢。

4. 三分鐘自我行銷

　　求職者為了打動面試官——至少使對方產生興趣，應該準備一套快速有效的自我行銷。這套自我行銷最好能在三分鐘之內講完，並且應該以工作能力為重心，既要切實又要輕鬆，為了要強調自己擁有別人無法取代的優點，又不宜過度地油嘴滑舌，以免被誤認為在推銷商品而非自我推介，事先「練習」非常重要。總之，自信且自然地展現「三分鐘自我行銷」，有助於加強面試官對自己的印象。

5. 合群性

　　求職者應隨時表現出願意成為團隊一分子的服從性格，但是，也要適當展現領導技巧，以加深面試官的印象。以上兩點，可以舉過去的經歷為例子，在面試時的自我行銷說詞中，加以表現，以達到關鍵的加分效果。此外，求職者更應該給面試官一種勤奮工作的印象，表示有能力與信心完成所交付的工作。

6. 隨機應變

　　徵才單位為了尋找最適當的人選，除了一對一的傳統面試之外，可能有求職者面對多名面試官的「主試團面試」、求職者輪流扮演小組討論主持人或討論者的「討論式面試」、求職者當場參與精心設計過的技能測驗與考試的「競賽式面試」，以及層層淘汰的「漸進式面試」。（《成功面試的第一本書》，頁16-19）有時，徵才單位會加派許多人手從側面觀察求職者在「等待」、「提問」以及「答問」時的行為表現，以判斷求職者是否具有耐心，不易動

怒。此外，有些面試地點從室內延伸到用餐場所或咖啡廳，考驗求職者的社交禮儀。（《開始面試就錄取》，頁68-94）

徵才單位刻意安排的面試方式，如果不能夠測驗出求職者的優點，受到損失的不僅是求職者個人而已。《面試技巧》提醒面試官──

在許多領域，你會發現人才的匱乏，這時就需要加倍努力，以吸引更多的人才。同時，這也意味著在你和應徵者初次見面時，你所扮演的角色正是公司的使者，你要盡量讓對方知道：你們求才若渴。即使會遇到不少麻煩，亦或增加開支，也會在所不惜。不妨顯示你的真心誠意，讓他們知曉，他們的加入會成為公司一份寶貴的財富。（頁41）

可見，面試官在舉行求職者前的心理壓力，絕對不亞於求職者。他們在「儀容」、「衣著」、「目光及談吐」各方面的準備工作，求職者也同樣地可以一目了然，並且做出是否願意以自己的「智慧」、「才能」換取對方提出的「職務」、「薪資」。如果，求職者覺得面試官給予發表的時間與空間仍然不夠，自己對於這份工作又有無比的熱忱，何妨積極爭取表現機會？古代「毛遂自薦」成語故事主角毛遂，就是一個主動請纓、從眾人之中脫穎而出的例子。

㈢如何回答面試的問題

求職者為了掌握面試官的問題，可以透過相關書籍蒐集「題庫」、或是網路搜尋求職面試的網站，參考其中提供求職者回答的技巧。此外，也可透過網路輸入「求職面試」或「job interview」，搜尋值得參考的實境短片。囿於篇幅因素，本文僅針對幾個最常見的核心問題，擇要介紹。

1. Q：你的經驗不足

可能是社會新鮮人最常被問倒的問題。雖然，「履歷表」已經詳細記載求職者的經歷，然而，如果面談時，面試官仍然開口質問：「你的條件尚未符合我們的要求！」求職者一方面可以舉「履歷表」上的經驗為證，再方面可以提出履歷表沒有的例子，強調自己雖然「年輕」，可是具備「快速學習」的適應能力，例如：「我曾經主辦過一場餐會，最初完全不認識任何一名賓客，不知從何下手，最後，按部就班地撥打電話，將難題一一解決，獲得來賓們的稱讚，也結交許多新朋友。」此外，求職者為了證明學習能力與態度，「推薦信」可以派上用場——無論是老師、教授或曾擔任義工單位的署名，都能證明自己所言不虛。縱使面試官沒有要求「推薦信」，我們也可以事先準備。

2. Q：為何離開先前工作

這也是個難題。針對這個問題，一定要誠實回答，但是該保持正面立場。最好的回答方式，是強調自己在尋找下一個「生涯規劃」的契機，希望以不同方式展現你的能力。例如，「我理想中可以全力配合的工作環境，一方面具有領導明確的上級，二方面有良師益友的指教機會。」縱使求職者離開的上一個工作原因，可能是因為無法忍受前任老闆、上司甚至同事——這些事情常常發生，但面試新工作時，僅需點到為止，因為，面試場合的重點，應該在於未來工作的前景，而不是宣洩滿腹牢騷。

3. Q：你的條件超過預期

這是徵才單位的另一種試探。表面上是一句恭維的話，然而，卻又是委婉的拒絕。積極的求職者不應該就此打退堂鼓，而是更主動地替自己構思一個難以被對方拒絕的理由。例如，採用以退為進的方式，降低姿態以爭取對方好感，「我相信一定可以從前輩這邊，學到更多我不懂的知識。」或是，以更為主動的態度爭取工作

機會，「那麼，你們更應該接受我。」此外，求職者也可以將話題繞過「條件過高」癥結，給自己更多揮灑空間，「雖然我在這個領域的經驗豐富而且瞭解深入，可是，我因為家庭因素，希望能從事相關領域較基層的工作，奉獻心力。」

4. Q：**你期待的薪資為何**

　　這個問題有些棘手。然而，求職者一定要事先做好準備工作，可以透過同學、親友、網路、學校就業輔導室，以及行政院青輔會等等管道，整理出相關的資訊，之後，求職者可以按照工作性質與地點，事先瞭解薪水介於何種範圍之內。求職者最好抱持著「成為這個職位的最佳人選」的自信，暫時不要主動提起薪資問題，或者是比自己估算的薪水多提高兩千元左右，將這個問題交給主試者和徵才單位去考量，徵才單位可能會支付更多薪水，因為他們對於這名求職者的表現能力，有更多的期待。此外，有工作經驗的求職者，不妨提出上一份工作的薪資，給徵才單位參考。以此類推，健康保險、彈性上班、假日……等等項目，也不宜在第一次面談就提出。（以上面試問題Q&A，主要參考Martha Stewart Living Radio職業輔導教練Maggie Mistal專訪，www.howdini.com/video/10857703/how-to-ace-a-job-interview）

　　面試之後，求職者往往被要求返家等候通知。積極的求職者可以立刻向徵才單位寄出「感謝卡」，留給對方一個好印象。求職者不要太計較「月薪」，而將目光放遠，以「年收入」作為考量。萬一對方久久沒有通知，或者以Sorry Letter拒絕，求職者也可以主動與他們聯絡，甚至積極爭取第二次面談機會。再試一下，對求職者沒有損失，不必覺得難為情。（《履歷面試密技大公開》，頁50-51、231-233）

三、「履歷表」、「求職信」與「推薦面」

　　求職者最初交給徵才單位的個人資料，是「履歷表」和「求職信」。

這兩份資料透露求職者絕無僅有的個人特質，例如，初出茅廬求職者「年齡」一項就在考驗面試官──引起他們緬懷逝去的青春。除了「履歷表」和「求職信」之外，有些徵才單位需要求職者附上畢業證書、代表作品或者各式證照影本──絕對不要給「正本」，除非獲得徵才單位正式聘用。

「履歷表」與「求職信」並沒有標準格式。積極的求職者會精心設計「履歷表」與「求職信」，並針對不同徵才單位調整內容。這些內容，需包括「應徵職務」、「個人基本資料」、「學歷背景」、「工作經歷」、「社團／活動經歷」、「技能專長」、「語言能力」以及「照片」。（《104求職全攻略》，頁181）。具有巧思的「履歷表」與「求職信」突顯個人風格，尤其針對「1、我具備哪些別人沒有的特長或優勢；2、我能為這家公司帶來什麼貢獻；3、我用自己的學經歷，佐證前面兩點。」（《企業最愛的完美履歷打造》，頁14-15）促使徵才單位考慮錄用這位求職者，因而展開面談。

「履歷表」與「求職信」的功能，同樣都是求職者的自我介紹；前者以簡明扼要的條列方式陳述，後者則是一封以徵才單位為對象的信件。臺灣萊雅人力資源部總經理郭秀君指出：「新鮮人要懂得把自己最突出的特點放在履歷最醒目的地方。」（同前，頁3）匯豐銀行人資副總裁陶尊芷說：「若有自傳提到『我對於某個市場或某個產品很熟悉』或『我曾經處理過多大的資產』絕對令人眼睛一亮。」（同前，頁23）《面試無所畏》（*Fearless Interviewing*）提醒求職者在撰寫時，宜以「實際數字」取代概略描述「量化」的重要性。（頁62-84）例如，同樣是形容求職者的經營、管理能力，如果寫成：「我曾經負責一間民宿所有業務，有豐富的相關經驗。」不如寫成：「我大學時期開始，幫助家人經營一間民宿，全權負責網頁設計、網路廣告、訂房、各項收支。旺季的月營業額可達10-15萬，淡季約2-3萬。」

求職信又稱為「求職自傳」。除了具備正式書信「稱謂」、「開頭」、「正文」、「結尾」、「署名」基本要項之外，「求職信」的「正文」是一篇介紹個人特色的自傳，內容宜包含「個人基本狀況及用人消息來源」、「願望表述」、「能力敘述」、「表示面談的願望」等項目。為

了吸引徵才單位注意，進而得到面試機會，應以誠懇的措辭、流暢的文筆，約800-1,000的字數，表示誠意。依據104人力銀行協理陳力子說法指出，25至34歲的求職者，自傳超過800字的例子達到67.8%，相對而言，18至24歲的更年輕一代求職者，僅有50%達到800字。（中央社記者吳靜君，臺北，2011.11.05電）此外，也可以採用簡潔表格將「求職自傳」附在「履歷表」之後，這樣的自傳內容約為400-600字，是另一種可供選擇的寫作方式。（見〈附錄〉）

　　求職者除了透過「履歷表」與「求職信」顯示能力指標之外，也可透過「推薦函」展現人脈。原則上，「推薦函」需要委託他人撰寫。舉凡求職者過去擔任義工期間的主辦單位、打工時期的上司或同事、社團指導老師、求學期間的師長，以及同學或友人，都是請託撰寫推薦函的對象。基於禮貌以及更為周詳的原則，求職者應該和撰述者事先做好溝通工作。《開始面試就錄取》建議：

> 如果希望師長能舉出具體事件，撰寫出感性與理性兼具的推薦函，最好附上詳盡的履歷與自傳，讓師長們有資料可以參考撰稿。（頁79）

任何能夠證明求職者品德與操守的推薦函，都可以採用，以期達到獲得加分的效果，換言之，未必只有民意代表的推薦函才最有力──祝福他們持續連任。

　　單從「進入社會」事項分析，「面試」並非唯一管道。然而，隨著第三級產業──「科技業」、「商業」、「服務業」與「文教業」等比重逐漸增加，年輕人透過〈履歷表〉投遞，爭取面試機會，進而獲得工作的情況日益普遍。雖然如此，大學畢業生參加公職人員或專業人員等國家考試，或者是直接進入家族企業，都無須求職面試。再者，經濟部中小企業處提供的「青年創業貸款」也提供年輕人另一種的生涯規劃選擇。此外，新手與老手之間存在「學徒」與「師傅」關係的「農」、「漁」、「牧」等第一級產業，以及「煉鋼」、「加工」、「建築」等第二級生產製造，

除了專業科目之外，可能更重視從業人員的體能負荷、學習潛力、四肢協
調能力，以及健康狀態等。總之，維持身體健康，隨時充實自己，可謂在
職場裡表現良好的基本法門。

（感謝淡江大學學務處職涯輔導組資料提供）

四、延伸閱讀

書籍

1. 104人力銀行研究團隊著，《104求職全攻略》，臺北：時週文化，
   2009年。

2. Career職場情報誌編輯部，《企業最愛的完美履歷打造》，臺北：就業
   情報資訊股份有限公司，2015年。

3. Patricia Noel Drain著、林明秀譯，《保證錄取的面談十大祕訣》，臺
   北：方智出版社，1995年。

4. 林保淳等著，《創意與非創意表達》，臺北：里仁書局，2005年。

5. Robert S. Gardella著、馬勵譯，《哈佛商學院教你找到好工作》，臺
   北：如何出版社，2000年。

6. 蘇珊‧赫吉森（Susan Hodgson）著、曾湘雯譯，《面試前一天必K：
   Q&A》，臺北：臺灣培生教育出版社，2007年。

7. 新北市政府就業服務中心，《求職大翻身：破解履歷DNA》，板橋：
   新北市政府，2011年。

8. 新北市政府就業服務中心，《104年青少年職涯領航手冊》，板橋：新
   北市政府，2015年。

9. 提姆‧漢德（Tim Hindle）著，《面試技巧》，臺北：臺視文化，2002
   年。

10. 董曉光，《你不可不知道的面試祕密》，臺北：久石文化出版社，
    2006年。

11.楊惠卿，《開始面試就錄取》，臺北：太雅出版社，2009年。

12.潘國樑、邱宇溶，《面試學》，臺北：書泉出版社，2013年。

13.臧聲遠，《履歷面試密技大公開》，臺北：就業情報資訊，2011年。

14.劉超，《成功面試的第一本書》，臺北：維德文化出版社，1999年。

15.瑪姬‧史坦（Marky Stein）著、劉復苓譯，《面試無所畏》，臺北：麥格羅希爾出版社，2003年。

網站

1. 「中華民國行政院勞動部勞動力發展署」網站。www.wda.gov.tw。

2. 「中華民國行政院經濟部中小企業處青年創業貸款」網站。www.moeasmea.gov.tw/ct.asp?xItem=10738&ctNode=609&mp=1。

3. 「新北市政府人力網」。www.goodjob.nat.gov.tw。「履歷大觀園」。http://www.goodjob.ntpc.gov.tw/epapernewlist.aspx?&uid=44&page=1&。

4. 「新北市政府就業服務中心」面試技巧。www.esc.ntpc.gov.tw/_file/1782/SG/31817/D.html。

5. 104人力銀行網站。www.104.com.tw。

6. 1111人力銀行網站。www.1111.com.tw。

7. Yes 123人力銀行網站。www.yes123.com.tw。

8. Martha Stewart Living Radio 職業輔導教練Maggie Mistal專訪。www.howdini.com/video/10857703/how-to-ace-a-job-interview。

五、練習單元

1.請分析比較「求職面試」與「升學面試」的不同處與相同處。

2.徵才單位重視「工作經驗」作為招募新進人員的理由為何？大學生就讀的「科系」與「學校」是否是進入職場的保證？

3.面試官若問「你的經驗不足」應以「自己曾如何克服困難」回答，若問「你的條件超過預期」應以「自己會努力學習」回答。請問，求職者如果用「努力學習」回答「經驗不足」的提問，會產生何種結果？為什麼？

附錄　「履歷表」合併「自傳」範本

（一）個人基本資料				
姓名：余強		年齡：24		性別：男
婚姻狀況：未婚		行動電話：0911-111-222		聯絡電話：02-8787-1111
電子郵件：john@1111.com.tw				聯絡時間：白天
最高學歷	學校名稱	科系名稱		就讀時間
	文化大學	歷史系		93年9月至97年6月
	學歷：大學			狀態：畢業

（二）工作條件		
可上班時間：隨時		希望待遇：月薪31,000元
累計工作經驗：2年3個月		
各類職務經驗	職務類別	職務工作經驗
(1)職務經驗	總務	1年2個月
(2)職務經驗	行政助理	1年1個月
是否在職：否		

＊前一個工作		就職時間：自民國98年10月～99年12月		
產業類別	公司名稱	職務名稱	工作地點	待遇
資訊業	四方科技公司	總務	新北市新店區	月薪29,000元

工作說明

1.公司內部水電耗材採購及維護。
2.各部門文件收發控管。
3.公司警衛系統發包監控。

（三）專長自傳				
外語程度	聽	說	讀	寫
英文	■普通□精通	■普通□精通	■普通□精通	■普通□精通
使用輸入法	注音	中打速度：30字以上／分		英打速度：20字以上／分

電腦專長：Word, Excel, Powerpoint

其他技能專長和證照：無

感謝您撥冗閱讀我的履歷，我的姓名是余強，已累積兩年多行政總務相關工作經驗，相信可為　貴公司帶來新契機。

長期包辦家裡的總務工作

我在家排行老大，正因為父母都在上班，下面還有一雙弟妹的關係，因此很多時候我也可以算是家裡的「總務長」。舉凡去賣場補充家用品、換燈泡、馬桶不通、倒垃圾等等，幾乎都由我一手指揮、包辦。

班上的里長伯

我的為人誠懇、做事細心負責，在團隊合作中常扮演溝通協調的工作。大學時期曾參加「幼幼社」，定期到一些育幼院關懷失怙兒童，每次活動所需的交通安排、海報規劃張貼、物品打包運送等工作，長期以來我都義不容辭、獨挑大梁，同學間都喜歡謔稱我「里長伯」，由此可見我熱心的個性。

一年總務工作，幫公司省下超過20萬元

在「四方科技」行政部擔任總務工作一年，主要參與的工作項目如下：
1. 保全系統廠商合約到期，重新招標並締約，為公司一年節省近20萬元。
2. 監督協力廠商完成資訊部門搬遷，其中網路線路布建在短短三天內完成，獲主管推崇肯定。
3. 規劃建置內部備品系統，方便各單位新人報到時可立即上線作業。

工作一年之後，有感於家族企業的格局不大，深感自己的發展空間已經有了瓶頸，便毅然決定轉換跑道，希望自己能秉持對「總務」這份工作的執著，幫助雇用我的企業全力做好分內工作，讓「總務」這個職務不再只是簡單地打蠟、修廁所、換燈泡等雜務，而是更進一步讓所有同仁、主管無後顧之憂，在每個人的崗位上全力衝刺，共同追求企業的高度成長，讓自己的努力有目共睹。

最後懇請　貴公司能夠給我面試的機會，讓我能奉獻所學，參與　貴公司的快速成長。

以上應徵「行政總務」，內容重點在表現自己積極的工作態度及配合度高的個性，鑑於這種職類不需要特定專業技能。

	要項	加分關鍵點	注意事項說明
一	工作條件	1. 強調校園社團幹部的實務經驗，並簡單列舉執行內容。 2. 希望待遇可具體寫出範圍或依公司規定。	1. 避免與職務無關的工作經驗。 2. 避免予人主觀、獨斷的印象。
二	專長自傳	1. 強調個性的積極面。 2. 舉例說明自己吃苦耐勞的性格優點。	1. 切忌過於謙虛或誇大。 2. 個人興趣應以能突顯自己、廣結善緣為佳。

資料來源：新北市政府就業服務中心編，《求職大翻身破解履歷DNA》，頁20-21。

第七章
組織與簡報呈現

殷善培

導言

　　無論是寫作、創作或研究都需要蒐集資料，就算是創意也多是從既有的資料上增刪訂補、靈活翻轉而來，「巧婦難為無米之炊」，無資料就只能空想了。如何蒐集資料、運用資料更是數位時代要學習的基本知能。蒐集了資料，接著就是組織資料以回應擬定的議題，這時就需要圖解法來協助清理邏輯，然後再將資料進一步組織架構，最後轉化為圖像，以說故事方式來呈現。

一、蒐集資料

　　無論是讀書心得或學期報告，「巧婦難為無米之炊」，沒有資料就下不了筆，更遑論更複雜的個案研究或量化研究了。如何蒐集資料？數位化興起之前這可不是件輕易的事，傅斯年曾有「上窮碧落下黃泉，動手動腳找資料」的生動譬喻，問問任何一位研究者一定都有一籮筐找資料的甘苦談可說。今日在數位化浪潮襲捲之下，查找資料相對輕鬆多了，甚至有許多同學寫報告根本沒進過圖書館找資料，就只在鍵盤上敲敲關鍵字，拜拜Google大神就搞定了。其實在資訊之海中如何找尋出有用的資料仍有訣竅，還是要仰賴專業的指引與學習。淡江大學覺生圖書館自民國82年開始就編有「蒐集資料的方法」，目前發行11版了，圖書館員貼心地為研究者準備了完備的蒐集資料的錦囊，從資訊來源、網路資源、會議論文、期刊論文、學位論文、新聞報紙、研究報告、專利標準、電子化資源、館際合作……等等項目，圖文並茂地引導使用，這本資料可在圖書館首頁的「諮

詢與協助／如何蒐集資料」項下找到全文。[1]

　　只是，資料不該在撰寫報告或做研究時才開始蒐集，平日就該留意及蒐集相關資訊；數位化時代之前這是要靠敏銳的眼光以及刻苦耐勞的精神，以剪報、卡片、筆記的形式，日積月累地形成自己的資料庫。數位化時代當然不用這麼麻煩，可以善用訊息快遞之類服務便捷地掌握資訊。以書籍為例：「博客來」網站對臺灣出版的書刊提供有「追蹤作者」、「訂閱出版社新書快訊」的功能，只要點選作者或出版社旁的「？」，就可啟動追蹤功能，這一追蹤功能可以隨時進入會員專區中的「各項設定／維護」取消；此外，國家圖書館的全國新書資訊網也提供「每日預告書訊」的電子信件通知服務，協助有興趣的讀書參考。

　　再以新聞或網站的資料為例，Google提供有「快訊」服務，只要登入Google帳號，鍵入「Google快訊」（或網址http://www.google.com.tw/alerts），就可進入設定頁面，例如鍵入「淡江大學」，點選「顯示選項」就可以自行調整接收頻率、來源、語言、地區、數量及傳送至收件的電子郵件，如下圖所示：

---

[1]　各大學圖書館也都有推出類似的指引服務，可以善加參考學習。

設定好後按「建立快訊」就可按自己選定的模式自動接收訊息，非常方便。不過收到的「快訊」若不進一步甄別，很快就會被資訊海所淹沒，因此瀏覽這些訂閱的「快訊」時要隨手將有用的資料甄別出來，這時就該「數位筆記」上場了！

二、數位筆記

平日蒐集得來的資料要放哪？紙本時代是透過大量的卡片、筆記與資料夾，藉由圖書分類等編目原則，將資料井然有序逐一整理歸檔，數位時代整理蒐集及整理資料相對就方便多了，有非常多款好用的數位筆記可以利用。在介紹幾款好用的數位筆記之前，建議同學先申請Google Apps for Education帳號。Google Apps for Education是Google免費提供給教育單位使用的應用程式，同學可從淡江大學入口網站首頁右上角的search框內鍵入「Google Apps」就可連結「Google Apps for Education服務申請」，只要驗證使用者身分後就取得Education版的使用權限，並獲得○○○○@gms.tku.ed.tw的淡江Gmail信箱。相較於免費版Gmail僅提供15G Google Drive（雲端硬碟）使用空間，Education版則是提供無限制的Google Drive（雲端硬碟）空間，非常適合存儲原尺寸的相片及作為文件資料庫使用，也方便將學校提供的@mail.tku.edu.tw或其他帳號匯入此帳號統一管理。若說Education版還有什麼不足，大概就是目前尚未開放Education版使用Google Now了，但可以使用「協作平臺」、Google Classroom等免費版所無的功能，比免費版的Gmail好用許多。

有了Gmail或Gms（淡江Gmail）帳號，上網瀏覽到有用的資訊時，簡易的方法是透過Google Chrome「儲存至Google雲端硬碟」的擴充功能來保存頁面（需自行安裝擴充功能），這個擴充功能在儲存網頁資料上頗為陽春，不外下列五種：

1.將整個網頁存成圖片（.png）
2.將顯示的網頁內容另存圖片（.png）
3.HTML來源（.html）

4.網頁封存（.mht）

5.Google文件

除了這五種方法外，也可以利用列印模式，印表機選擇為「儲存至Google Drive（雲端硬碟）」（點開「+選擇更多設定」，選擇「簡化網頁」，儲存的畫面較簡約），會以pdf格式儲存檔案，且可以在Google Drive中全文搜尋，但轉換的速度不夠迅速。

　　從蒐集網頁資料的角度來比較，Google Chrome的擴充功能所提供的選擇及效果還未臻理想，有必要藉助其他的雲端筆記軟體來提供支援，底下幾款數位筆記都很適合蒐集網路資源使用。

1. OneNote

　　OneNote從Microsoft Office2003就已加入微軟系列，OnoNote的使用率及知名度雖不如Word、Excel及PowerPoint，但OneNote可說是非常有前瞻性的數位筆記軟體，一開始就可存音檔、筆跡，蒐集網頁資料，且提供方程式編輯器、複製貼上的圖片文字可開啟ocr辨識……，頁面、標籤、筆記本概念的設計都相當有親和力，目前的2016版大概仍是功能最多元的數位筆記軟體了，只是在擷取網頁資料上「OneNote Web Clipper」的擴充功能不算完善，手機、平板的APP更遠不及網頁版便利，但畢竟是Microsoft Office產品，與Office系列相互搭配最完美。

2. Evernote

　　Evernote是近幾年廣受手機使用者喜愛的雲端筆記程式，目前分為免費入門版、進階版及專業版三種，入門版只提供60M的流量、同步裝置也僅限2台，部分功能也有所限制，若只單純存取網頁勉強夠用，若多些圖檔及高階檢索就不敷使用了。

　　Evernote主打萬用筆記本的概念，生活中的點點滴滴都可藉由Evernote搞定。而Web Clipper是Evernote在Chrome上的擴充功能，提供了多種擷取模式保存網頁，畫面清爽易用，擷取速度頗快。

Evernote的使用方法及進階技巧，推薦參考「異塵行者（Esor Huang）」的「電腦玩物」網站（網站連結http://www.playpcesor.com/）。

3. Wiznote

Wiznote（為知筆記）是中國大陸北京我知科技公司研發的數位筆記軟體，前身是專門來蒐集網頁資料並製作電子書的Cyberarticle（網際知識管家）。此套數位筆記吸收Cyberarticle的優點在蒐集網頁及靈活的標籤分類，且支援各家數位筆記的匯入。Wiznote分免費版和VIP版兩種，免費版的月流量500M，已足夠一般使用者的需求。Wiznote和Evernote的功能類似，但在分類、標籤及層級組織上比Evernote更有彈性。Google Chrome環境下提供的擴充功能「網頁剪輯器」也頗便利。

網易旗下的有道雲筆記功能近似，就不再多介紹。

除了這三款數位筆記軟體，附帶提一下Google Keep，Google Keep尚不能與上述三款數位筆記並駕齊驅，因為性質、功能與訴求都不相同，Google Keep是款類似便利貼的提醒工具，有很多的顏色及自設標籤，可以設定時間及地點的提醒功能，也可用於手機拍照、手寫筆記，Google Keep最適合做清單控（Listful Thinking），也便於直接匯入Google日曆。

三、圖解思考

淡江大學例行對大一新生做「學習風格量表」，多年來發現各學院「圖像／視覺型」的學習風格都遠超過「口語／聽覺型」，顯示多數學生藉由圖片、圖表、流程圖、時間表、影片或實際演練進行學習，記憶效果較佳[2]，這一統計結果和當代視覺傳達蔚為主流的整體趨勢相符合。圖解是圖像思考的一環，是整理、分析乃至呈現資料時的利器，蒐集資料的同

---

[2]　相關資料可參考淡江大學學習與教學中心電子報的歷年報導。

時就應當學會圖解論點，從而檢視與甄別資料的適用性。

　　圖解思考的方法千百種，教導如何圖解思考的書籍也非常多，所用的基本圖形不外是以○、△、十，再搭配箭頭或方向符號來產生各式圖解，扼要舉例如下：

1. ○

　　單一的○可以是圓餅圖常用來表現比例，兩個○以上就可用來表達：交集◯◯、包含◎、分離○○、鄰接◌、並列◌◌、群立◌◌◌等等現象，若再配上各種角度、大小的箭頭➡，更可以表達連續、展開、順序、對立、互動、擴散、因果等各種變化[3]。

2. △

　　△圖解是一種階層圖的結構，最有名的就是金字塔原理，再則就是「三角邏輯」（邏輯金三角）的結構；金字塔原理已建構成一套結構嚴謹的方法論，放入本文第四部分「組織」再行介紹。「三角邏輯」就是將主張（結論、建議）、論證、資料三者放置在三個角，尋找彼此間的邏輯關聯，從「資料→論據→主張」的次序是歸納法的運用，從「論據→資料→主張」的順序就是演繹法的運用。

3. 十

　　在圖解思考中「十」稱為十字定位圖、也稱為相對關係圖、點狀圖、四象限圖。利用垂直軸、水平軸的相對關係，定位出要比較項目的相對位置，有名的SWOT分析法就是十字圖的活用；水平軸可以是愛德華‧狄‧波諾（Edward de Bono）水平思考法或發散型思考法（Divergent Thinking）的展開，垂直軸則是邏輯思考或收斂型思考法（Convergent Thinking）的運用。十字圖還可以產生各種變

3　久恆啓一，《這樣圖解就對了》，臺北：經濟新潮社，2011年，頁37、43

化，如將十字圖加上外框線就成了「田」字的方塊矩陣圖（Matrix Diagram），適用於多元思考與分析。

4. 魚骨圖（Cause & Effect/Fishbone Diagram）

日本石川馨先生研發出的因果圖因形狀似魚骨故名為魚骨圖，亦稱為石川圖。魚骨圖適合用來思索「策略←→解決」，魚頭代表要解決的問題，魚頭向右找原因，魚頭向左找對策，大小魚骨就是其中的原因或對策。

5. 心智圖（Mind Map）

心智圖，又稱思維導圖，是由英國的東尼・博贊（Tony Buzan）於1970年代提出的一種圖像式的思考工具，因其圖像展開像是心臟及其周邊血管，所以稱為Mind Map。近年心智圖在臺灣語文學習領域（尤其兒少教育）頗受重視，心智圖除了用來訓練發散型思考，亦可收攝為樹狀結構，很適合與Prezi簡報軟體配合。隨著雲端筆記的推廣，心智圖軟體也開發出雲端版，手機、平板電腦上也都有手繪板可使用。

四、組織

圖解資料後要設法組織這些資料，如何組織資料？底下介紹兩種有效的方法：

1. 高德拉特的TOCFE

以TOC（Theory of Constraints，控制理論，或譯制約理論）聞名於世的以色列物理學家高德拉特，將TOC的理念運用到教育領域，提出了TOCFE（Theory of Constraints for Education），主要精神是運用三種圖解法引領出的「三大思考工具」，日本岸良裕司、

岸良真由子稱之為：分支圖、疑雲圖與遠大目標圖[4]。原本是用來教導孩童如何養成思考之用，但用來訓練獨立思考及組織架構也相當實用。

(1)分支圖：整理雜亂無章的思考工具

　　分支圖是用來培養邏輯思考力，分析彼此的因果關係（相互關係），分支圖利用三個物件：「方框」（填入現象）、「箭頭」（表示因果的相互關係）及「香蕉」（合併關係）。

三項物件圖示如下[5]：

分支圖的三項物件

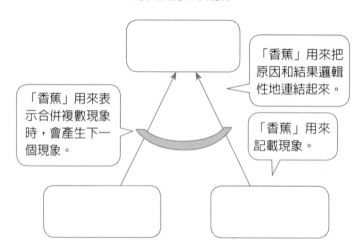

「香蕉」用來把原因和結果邏輯性地連結起來。

「香蕉」用來表示合併複數現象時，會產生下一個現象。

「香蕉」用來記載現象。

利用分支圖進行推理活動的過程如下[6]：

提問一：問題是什麼？

提問二：原本希望會出現什麼情況？

提問三：會採取怎樣拜動促使情況出現？

提問四：為何結果不如預期，究竟發生了什麼事？

---

[4]　岸良裕司、岸良真由子，《三大思考工具，輕鬆徹底解決各種問題》，臺北：方智出版社，2015年。

[5]　同註4，頁57。

[6]　同註4，頁84。

提問五：導致結果不如預期的原因是什麼？

提問六：有沒有什麼方法能解決這個原因？

提問七：執行此方法後，是否有可能讓期待的結果發生？

(2)疑雲圖：解決混亂問題的思考工具

　　疑雲圖是用來解決兩難，由A、B、C、D、D'五個方框組成，結構如下[7]：

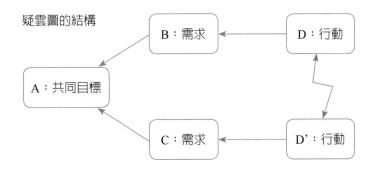

疑雲圖的結構

　　D'填入與D對立的行動，疑雲圖初步繪製後要進一步確認是否完善[8]：

　　疑雲圖置好後要找出對立結構中的「偏見」並設法解決：

　　一是解決B和D'的對立、二是解決C和D的對立、三是解決D和D'的對立、四是思考滿足B和C的另一種可能。

(3)目標圖：找出實踐目標的思考工具

　　遠大目標相當理想目標，遠大目標圖就是幫助思考如何達到這種理想目標的圖解工具。大致可分五個步驟：

步驟一：寫下未來的理想目標

步驟二：思考妨礙目標達成的障礙是什麼

步驟三：從列舉出來障礙，思考設定怎樣的中繼目標

步驟四：思考什麼樣的行動才能達成中繼目標

7　同註4，頁105。

8　同註4，頁111。

步驟五：思考中繼目標的先後達成順序

也就是按步就班、排除困難，一腳步一腳步往理想目標前進。

2. 金字塔原理

金字塔原理是芭芭拉·明托（Babara Minto）1973年在麥肯錫顧問公司任職期間研發出的一套用來訓練思考、寫作、解決問題的邏輯的方法，後來廣為各界接受使用。

金字塔原理是運用邏輯思考將金字塔析出一層一層，是以「彼此獨立，互無遺漏」（MECE，Mutually Exclusive Collectively Exhaustive）的原則以檢視水平軸分類是否完善；垂直軸層層向上的概念是「概括」（Summarizing），層層向下的概念是「分類」（Grouping）。也可以說上下層是因果關係，層層往下就是問「為什麼」（why so），層層往上就是問「所以呢」（so why）。由上而下及由下而上反覆思考調整，並確實做到同一層次不重複、不遺漏。

金字塔原理不是平面的邏輯三角，而是立體多維向的組織結構，要學會金字塔原理則要有縝密的思考訓練才行。

五、簡報

簡報是現代漢語，是簡略報導的簡稱，但今日簡報一詞多是Presentation或Briefing的迻譯，甚至一講到簡報就直接等同於PPT（PowerPoint）。簡報軟體當然不只有PowerPoint，隨著Google Chrome的高市占率，以及Google Presentation功能的強化，且能智慧地建議背景圖示以Google Presentation製作的簡報也有增加的趨勢；當然具有縮放功能、能拉近推遠的動態簡報軟體Prezi也有一定的愛好者。但不論是PowerPoint、Google Presentation或Prezi，都只是簡報過程中的一環而已，簡報專家喜歡引入前美國總統威爾遜（Wooddrow T. Wilson）曾說的話：「若要演說十分鐘，我得準備一個星期；演說十五分鐘，要準備三天；演說半小時，

則是花兩天準備就足夠；如果是演說一小時，現在就可以上場了。」這段話說明，愈是精簡的表達就得花費更多的心力去構思，有實務經驗者都會同意這一說法。至於如何構思簡報？有簡報界女王美稱的南西・杜爾特（Nancy Duarte）圖解規劃一場簡報過程如下圖：

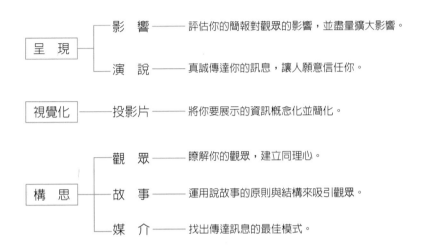

對照南西・杜爾特在「創造精彩簡報的五個原則」（Five rules for creating presentations）的說法就是——

構思階段：相當於原則一的「觀眾為王」和原則二的「傳達理念、感動觀眾」。

視覺化階段：相當於原則三的「視覺化說明」。

呈現階段：相當於原則四「簡化設計」及原則五的「在您、觀眾與投影片之間建立真正關係」[9]。

無論三階段還是五原則，都切要地點出簡報流程要注意的事項，順著南西・杜爾特的指引，略加申說如下：

儘管簡報有諸多類型，不同的學門、不同的專業領域所強調的內容及

---

[9]　參見：https://www.youtube.com/watch?v=5hbtjZw7gws；另可參考黃永猛先生的說法：「簡報其實包括了三大核心技巧：一是內容與組織，二是簡報技巧，三是PPT製作技巧。簡報的目的其實是透過這三種技巧，簡單扼要地用視聽效果，快速地解決問題，並促使聽眾採取行動。」（黃永猛，《麥肯錫不外流的簡報格式與說服技巧・序》

層次均有差別，但基本原則是一樣的，關鍵的呈現形式仍然相去不遠。簡報就是說一個故事，要把簡報當成編劇來思考，如何引起觀眾的共鳴，如何不亢不卑地訴求自己的主張。

製作簡報時將原本的報告圖像化，因為大量的文字排列，視覺及感官上容易喪失焦點，也難以維持興趣與專注力；刪汰文字，只保留標題（關鍵字）或試著打造出響亮的金句，結合影像、動畫、聲音呈現，讓聽眾以觀看或聆聽的方式來參與一場簡報。

舉例來說，如果是一份商業簡報，其內容涉及商業、統計、企劃、預算、市場、版圖等等知識範疇，簡報美學的設計與呈現者，應該盡量掌握這些關鍵的面向與意圖，瞭解觀眾已知什麼、想知道什麼、不同管理階層者的特質是什麼；同時嘗試在簡報投影片中，以視覺（Visual）的方式來作基本表現，如此，觀眾才比較容易以直覺的方式，進入你的簡報表現場域。其他舉凡選用或設計版型、配合適當的邏輯或線性圖像、搭配相關的影像或影片及鑲嵌相關的音樂或動畫等，亦是類似的邏輯。

如果是一份人文、藝術或通識學門的簡報，其形式元素則更為豐富，舉凡原文的核心意象、人物形象、色彩、風格、背景、物品，甚至情節等，都可以將其以一種形式化的方式，轉化進入你的簡報中。例如，你想報告豪爾赫・路易斯・波赫士（Jorge Luis Borges）的後現代文學作品《小徑分岔的花園》，其情節的邏輯恰好就是碎片與超連結式的，因此，與其以文字的「線性」方式「表現」這種文本現象，不如採用圖像的「發散／擴散」邏輯來「表現」，這樣觀看簡報的人馬上就能從圖像的發散中，聯想到你想強調的內容與意義。或者，你想報告白先勇的長篇至情散文〈樹猶如此〉，這篇作品在時間上橫跨三十年，空間上可聯繫上大陸、臺灣、美國等多區版圖，同時關鍵轉折均以「樹」的種植、成長、茁壯、衰亡作為跟主人公之間隱喻「病」的的線索，這時就不一定要採用文字來表述這一切，而可以繪製他至情時空的發展地圖，同時配合「樹」的形象變化，來陳述你對此文本的理解，這樣既能讓「觀眾」以圖像的方式記憶你的內容，同時也更容易理解與進入文本的深情感性世界中。

有了以上的原則認識，即使並非藝術、設計背景出身的大學生，都可

以在現今豐富材料與資源的網路世界裡，妥善地選擇適當的形式材料，來配合以突顯自己的書面和口頭報告。以下，就再進一步說明一些簡報美學的基本理念與應用方法。

1. 選用或設計版型

　　無論是使用哪種簡報軟體，除了軟體本身所內建的簡報範本外，同學還可以善用非中文世界的版型及圖像資源，例如在Google中檢索「Power Point Template」為例，就會出現大量英文世界中的免費投影片版本範本，同時它們亦有一些基本的形式分類，例如商業、教育、人物、抽象、色彩等等。報告者可以根據上述的思考邏輯，選用最符合你報告性質的樣版，以求達到對閱聽者的入門視覺暗示。此外，如果這些版型並不完全合乎你的使用，也可先選擇最相關的類型，再加以微調或微設計，以目前新生代對資訊工具的使用能力，相信應該並不會太困難。

2. 配合適當的圖像或統計圖表

　　簡報的內容既然切忌堆砌文字，那麼許多的文字就應該轉化為圖像來呈現。簡報軟體中通常都有各式的圖像和統計圖表可供參用。如果是一份較短時間（如十五分鐘）或十頁左右的簡報，其內在的圖像或統計圖表，不要太多變化，可略具有一些統一性，同時在數據或比例的表現上，盡量簡潔明瞭，不要太過複雜。但是，如果是較長篇幅的簡報，例如數十頁的簡報（如半小時到一小時），可以考量讓投影片的形式本身，也帶有轉折的暗示涵義，例如適當的使用不同的表意圖表，差異化的色彩或色塊的形式暗示，不同類型的線條或框架等，都能為你的簡報增添一定程度的轉折性、活潑性與豐富性。

3. 排序相關影像來說故事

　　在簡報中，還可以選擇搭配與報告相關的影像來說故事，但為

了表意清楚，最好在當中自行先建立一些思維上的相關性，並且選擇主題上較接近的照片來陳述與參照。例如你要報告目前臺灣對流浪動物的管理辦法與非營利組織實際運作方式，除了可以自行田野調查、拍攝相關的照片外，也可以上網查詢、參照國際相關的流浪動物組織單位的照片來加以補充敘述，以在「參差對照」下襯托你的主論點。同時，在照片的選擇上，應盡量優先考慮畫面簡單且帶有明確暗示性的作品為主，因為簡報的時間有限，一張照片停留的時間不宜太長，簡報者也不宜對其進行太仔細的分析，以免喧賓奪主（簡報者）。

4. 搭配相關的短片或動畫

如果，報告的時間較長（如一小時以上），而且報告的聽眾／對象較為年輕，為了吸引他們的注意力與專注度，或許還可考慮穿插一些相關類型的影片與動畫，來強化你的簡報效果。這一類的材料，目前網路上的資源也非常豐富，無論是You Tube或一些開放式課程網頁（Open Course Ware），都可以根據關鍵字的檢索，聯繫上相關的延伸線索，甚至在今日，人手一臺可錄影的手機的條件下，同學也可以自行錄製短片並且進行簡單的後製，相信更能讓閱聽者感受到你報告的特色、努力與用心。

5. 鑲嵌相關的音樂

簡報的音樂可以粗略分成背景性的音樂以及專題型的音樂兩種。背景性的音樂可以選用能夠搭配整個報告內容或元素特色的音樂，但除非是想表現較戲劇化的簡報，不然一般還是建議選用較單純的、沒有太明顯轉型的曲目。例如你要報告一場臺灣原住民生態的簡報，就可以選用一些相關的原住民曲子，將曲子鋪陳在背景間（就像作畫時的底色），可為簡報和報告的場域營造一種氛圍，同時引導與暗示聽眾對主題的興趣，切記音量宜小以免喧賓奪主。專題型的音樂指的是針對簡報的相關內容，搭配對應的音樂，例如你

想報告你閱讀村上春樹的心得，村上春樹的作品中時常都包括一些古典音樂曲目，那些曲目往往跟內文都有彼此同構、補充、暗示甚至推進情節的關係，因此，如果你是進行類似的文藝報告，也可以考慮將它們穿插在當中（剪取關鍵的片段即可），以強化聽眾的整體感官印象。有時候，會比僅僅只展示文字要來的更有力量與說服力，因為好的曲目，本身就有極高的美學感染力，能夠補充閱聽者對文字的知覺。

6. **互動與遊戲性**

最後，有鑑於網路新生代已習慣跟電腦互動，某些技術能力較高的簡報者，也可以考慮在簡報中加入一些互動與遊戲性的元素，以電玩的邏輯引導聽眾自行選擇與進入這份簡報。這種設計的難度較高，同時更講究觀眾的主動參與，如果簡報的主題與對象較為年輕、自主與活潑，那麼在簡報中，穿插一些互動與遊戲性，便是更能拉近彼此距離的方法。

總的來說，簡報美學不只是一種技術建構的產物，也是一種理性、知性思考的組合策略，雖然簡報者並非一定是專業設計與美學科班出身，但瞭解、掌握一定程度美化簡報的方法，配合書面報告以綜合地突出、強化簡報者的口頭報告，相信會讓閱聽者更為印象深刻，才能更有效地完成簡報的傳達訊息、溝通理念與說服他者的目的。

六、簡報示例

為了更清楚展示簡報版型與呈現方式技巧，我們特別邀請任職淡江大學文學院，同時亦是臉書「海報一沙鷗」的簡報達人林泰君老師，為我們示範製作簡報的技巧。

修正前

三國演義

簡報一沙鷗　林泰君

修正後

三國演義
桃園三結義文本分析

簡報一沙鷗　林泰君

修正前

宴桃園豪傑三結義 斬黃巾英雄首立功

* 正值劉邦、項羽爭小兒篡位當下（184），漢朝末平，黃巾軍此起彼落，府兵百姓皆恐慌之時，由漢末五藝時代，常被抓之，平十五歲，每年皆冰，登耀八上，在軍事報軍黃巾之亂，及劉備桃園與劉備帝之事結黃巾英雄。到此處三十六人當中。黃巾記下死之。「天災地變開民皆出沒」，所謂黃藥之。

* 正值劉邦氏人，身為八尺，劉備張飛、長坡抗爭、無劉之情，及劉備張飛與等商軍商，黃巾在為上。及兵等長坡之天下不智帝。稱劉備大兵臨無能。自立後帝」，「政史演定軍時事」劉邦、兵軍、中醫有等地位。為此更劉治得軍事之者。敢兵商。向右亦「各顧定敵」。黃巾而知黃巾。到有了，其商重黃巾無知兵當下。

* 正劉兵、黃一大兵、項備─兩戰不—黃巨四等定了「人立此等」得其黃軍軍「引有萬物之」知此黃。商在兵等、無國等人大大為其黃黃、五備兵九之百黃兵兵了大兵當黃軍爭兵兵軍劉黃、人其為此兵。

* 解記「黃巾兵等」此黃劉帝帝。百六十五時軍、今兵、東東、何黃強、正兵之此「記黃兵當下」，今兵。計黃強知—等下了兵各合黃商當兵。三人大為等兵兵。「大黃黃黃兵黃人兵之」—「倉劉無、關公、兵兵、魯劉兵兵、戰兵兵黃兵」、兵兵下、兵兵兵兵、商劉（兵、上兵兵兵劉兵）、平兵兵兵兵劉無兵、佐劉兵兵兵兵兵等兵、劉兵兵、食黃、嚮兵兵、等兵兵此為、別黃兵兵、商兵兵。

* 正兵黃無、人等「兵劉兵兵人」、兵─兵兵兵、兵─各兵、兵兵兵兵兵。正黃兵「兵兵兵兵兵之」、兵兵兵兵劉兵黃兵兵黃兵兵兵之。兵兵兵兵兵、兵兵兵兵兵黃、兵兵兵兵劉兵劉兵劉兵、兵兵兵等兵黃兵兵黃兵兵黃兵兵兵兵兵兵、兵兵兵黃兵兵兵兵兵兵劉兵兵劉兵兵劉兵、兵兵兵兵兵兵。兵兵兵兵兵兵、兵兵兵兵兵黃兵兵兵之。兵兵兵兵、兵兵兵黃兵黃。

修正後

宴桃園豪傑三結義
斬黃巾英雄首立功

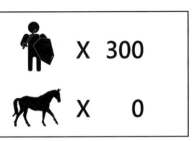

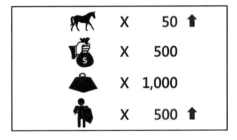

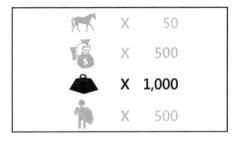

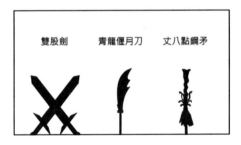

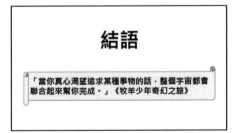

（林泰君老師提供）

七、延伸閱讀

㈠蒐集資料

1. 王友龍，《圖解提案學》，臺北：臉譜出版社，2009年。
2. 梅瑞爾（Douglas C. Merrill）、馬丁（James A. Martin）著，胡琦君譯，《Google時代一定要會的整理術》，臺北：天下文化，2010。

㈡數位筆記

1. 電腦玩物站長，《Evernote 100個做筆記的好方法》，臺北：PCuSER電腦人文化，2013年，2016新版。
2. PCuSER研究室，電腦玩物站長，《Evernote超效率數位筆記術》，臺北：PCuSER電腦人文化，2014年。
3. 電腦玩物站長，《打開大家的Evernote筆記本》，臺北：PCuSER電腦人文化，2015年。

㈢圖解

1. 奧村隆一著，朱立文譯，《圖形思考技巧》，臺北：商周出版，2008年，初版。
2. 易博士編輯部，《分析清楚，問題自然好解決》，臺北：易博士文化，2009年，初版。
3. 久恆啓一著，梁世英譯，《這樣圖解就對了》，臺北：經濟新潮社，2011年，初版。
4. 王友龍，《會圖解思考的人最厲害！寫報告、提企劃案、開發新產品、解決問題，一生受用無窮的38種思考法！》，臺北：臉譜出版社，2012年，初版一刷。
5. 西村克己著，朱麗真譯，《終極圖解力》，臺北：商周出版社，2012年。
6. 多部田憲彦著，周若珍譯，《1枝筆十1張紙，說服各種人》，臺北：

核果文化事業，2014年。

7. 王友龍，《圖解資料學》，臺北：臉譜出版社，2015年12月，二版一刷。

8. 森秀明著，連宜萍譯，《外商顧問超強資料製作術》，臺北：時報文化出版，2015年12月，初版七刷。

(四)組織

1. 芭芭拉‧明托著，陳筱黠、羅若蘋譯，《金字塔原理》，臺北：經濟新潮社，2007年9月，初版十刷。

2. 芭芭拉‧明托著，羅若蘋譯，《金字塔原理II》，臺北：經濟新潮社，2008年9月，初版。

3. 王友龍，《圖解金字塔原理》，臺北：臉譜出版社，2008年。

4. 岸良裕司、岸良真由子著、李瓔祺譯，《三大思考工具，輕鬆徹底解決各種問題：以色列物理學家驚豔全球的思考法》，臺北：方智出版社，2015年5月，初版。

(五)簡報

1. 黃彥達，《第一次簡報就上手》（增訂版），臺北：易博士文化出版，2008年。

2. 格森（Bo Bergstrom）著，陳芳誼譯，《視覺溝通的文法》，臺北：原點出版Uni-Books社，2012年1月，初版一刷。

3. 格森著，陳芳誼譯，《視覺溝通的方法》，臺北：原點出版Uni-Books社，2015年，初版一刷。

4. 南西‧杜爾特著，呂奕欣譯，《跟誰簡報都成功》，臺北：遠見天下文化出版社，2015年9月，初版四刷。

5. 南西‧杜爾特著，黃怡雪譯，《視覺溝通的法則》，臺北：大寫出版社，2015年10年，初版六刷。

6. 高杉尚孝著，李佳蓉譯，《麥肯錫不外流的簡報格式與說服技巧》，臺北：大是文化，2016年3月，初版九刷。

八、練習單元

1. 以試著運用○、△、十等圖示來圖解一篇報導。
2. 請繪製擁核主張與反核主張的魚骨圖。
3. 請以金字塔原理中的MECE來分析本書的架構是否完善。
4. 請用本章所述的簡報原理製作一份簡報。

第八章
說服與演講技巧

黃文倩

導言

　　史帝文・藍思博（Steven E. Landsburg）是經濟學家，同時也是一位父親，在《公平賽局》一書中，他透過跟年少的女兒相處與互動的經驗，思考如何以大眾及一般人的角度，介紹生活中的經濟學的理論和觀點，甚至延伸至公共政策和社會問題，儘管他身為經濟學專家，但在這裡，他根據具體的對象，調整並扮演普羅意義上的啟蒙、傳播與溝通者，他說：「經濟學所孕育出來的，不僅是忍耐，也包含了同情。經濟學家的方法是去密切地觀察，最好去瞭解其他人的目標及他們所面臨的困難。這種理解是一切同情的根本。」、「學習用別人的眼光看事情」[1]。從寬泛的類比，說服和演講也有著類似的出發點——努力先去理解別人、學習用別人的眼光看事情。

　　本章以大學階段的通識教育學生為目標群體，逐步介紹如何在「努力先去理解別人、學習用別人的眼光看事情」的基礎下，掌握一些基本的說服和演講的觀念、技術和實踐方法，以提供大學生應用於日常課業、學術報告、社團工作甚至未來的職場發展中。

一、前置準備

㈠聽眾分析

　　說服與演講是一體兩面，說服在前，演講在後，或者說，說服

---

[1]　史帝文・藍思博著，蔡繼光譯，《公平賽局》，臺北：金錢文化企業公司，1998年，頁27。

是內在的企劃與思維，演講則是前者的一種結果展現，說服可能一對一，演講則一般是一對多。在一個多元分化的時代，每個人的價值觀可能南轅北轍，因此在進行一場有效的說服與演講前，我們需要先對聽眾的背景，進行一定程度的掌握與分析，主要的原則至少有以下四種，如下分述。

1. 一般原則：掌握聽眾的人數、年齡層、學經歷、性別、族群、階層、職業，甚至是興趣與生活方式等等。例如，同學們在課堂或社團中，時常需要跟其他的老師或同學報告，這時候，人多或人少、以男性為主或女性為主等各式背景，都需要進行基本的瞭解。這些聽眾的一般資訊掌握地愈充分，愈有助於你評估說服與演講內容的具體設計（容後述）。

2. 行動原則：決定者或被決定者。評估你的聽眾是屬於決定者或被決定者，哪一種文化人格或主體類型的居多。例如，你想說服社團同學辦一場文藝展覽或相關活動，如果你的聽眾是屬於偏好自行做決定者，說服與演講者應該提供更多較中性與客觀的事實和方法，以讓他自行判斷、選擇。如果是比較感性的從眾者（跟隨大家的意見者，或容易根據他人想法而動搖者），則可較強調該活動過程的歷史意義與價值，以及以演講者自身的感性與行動實踐經驗來營造合作的空間。

3. 議題原則：支持者、懷疑者、中立者。例如，你想推動或發展某個新的專案，或在課堂報告中說服同學認同某種具有爭議性的主題（如「同志」議題、反核議題、公投議題等等），你還需要至少先初步評估聽眾中的支持者、懷疑者以及中立者的比例，才能確立你的說服與演講策略的重心與層次，擬定較具有理性色彩（如針對懷疑者或中立者），或感性色彩（對支持者）的分析或鼓勵的表述策略。

4. 深淺原則：專業級或普羅級。評估你的聽眾跟你的說服與演講的主題間的水平關係，他們是屬於對該議題有專業級知識的聽眾，還是普羅意義上的一般聽眾，以決定你的說服與演講的實質內容之規劃

與深淺程度。

5. 意識型態：某種程度上，每個人都有自己的意識型態。從一般學理來說：「意識型態是具有內在連貫性的思想方式；它們也屬於可能真實（True）或可能不真實的觀點（Points of View）。」、「意識型態基本上是屬於一種大規模而鉅觀層次的概念；那些在社會中握有廣泛政經權力的人，透過許多不同的管道，倡導那些篩選過的思維方式。……有助於維持創造者之物質與文化利益的主流意識型態。」[2]這種層面的聽眾評估較為困難，因為涉及到對象群眾或集體的潛在意識或無意識，必須要深入地研究與評估才能掌握，但如果能精細地靠近與理解，或將此部分納入心理上的揣摩，將能更有效地達到說服與演講的影響目的。

㈡自我分析與定位

　　除了對聽眾進行分析，說服與演講者本身，亦要真誠地對自我有足夠深入的瞭解，才能有助於前者對聽眾、演講（含說服）的主題間的關係。一般來說，需要綜合考慮以下三種面向，以進行自我分析與定位。

1. 個人特質與風格：個人特質主要是對自己內在心理和外顯性格的掌握與理解，一種比較活潑的性格，跟一種偏向含蓄的性格，所展現的說服與演講的表述風格將會全然不同。說服與演講並沒有絕對優勢的風格，但說服與演講者個人，必須對自己有較聽眾更清醒的自我認知，才能選擇最適合自己，且不勉強的方式向聽眾表述，太過刻意壓抑或抑制個人特質，反而不自然。說服與演講者的個人特質與風格，總的來說應該以自然、平易近人為主體。

2. 能力自知與限制：在進行說服與演講時，有時候的主題跟自己的專業直接相關，但大多時候，可能並非全然相關，如果是面對自己

2　James Lull著，陳芸芸譯，《媒介‧傳播與文化：全球化的途徑》，臺北：韋伯文化事業公司，2002年，頁18。

熟悉或專攻的領域，自然較容易掌握。但如果並非如此，因為短期的報告或工作上的需要，說服和演講者必須要求自己在短時間內，對某些主題有一些基本的理解與認識，同時可以適當地聯繫上自己平常比較熟悉的專業領域及個人常識與經驗來舉例，才能強化說服力。此外，針對確實難度較高，且難以在一場說服或演講中表述清楚的部分，以較坦率的態度自陳可能的不足，反而能在一場說服與演講中，取得聽眾對真誠及真實的要求與信任。

3. 區域與本土特質：區域與本土特質指的是你來自的地方或鄉土。一個從小在臺北出生、長大的人，跟從小在中南部，或來自大陸、新馬甚至其他域外地方的人的文化人格都會不同。在進行說服與演講時，表述者如果能對此有充分的自覺，便可以從自身的區域、本土或鄉土經驗出發，以較自然地引起聽眾對差異化與多元觀點的興趣與同理心。

4. 時代特質：時代特質指的是要關注演講當下的時代視野或感覺。例如，二十一世紀以降的臺灣或兩岸，通常已被視為是一種「小時代」，身為「小時代」的說服與演講者，自然跟過去的歷史階段偏好大敘事的思考與表述方式有所不同。「小時代」的聽眾，通常對日常、大眾、通俗文化有更高的接受興趣與意願，因此在進行說服與演講時，考慮自身的時代特質，並非全然是媚俗的意義，同時亦有助於你注入或選擇比較當下、新鮮的時代感覺的表述方式或示例。

㈢目的與主題假設

　　一場說服與演講通常時間有限，同時一定有企圖達成的目的或階段性的目標，因此，說服與演講者要清楚意識到，在有限、短時間的表述條件下，你首先及次要想達成的究竟是什麼，同時，也才能結合前述的聽眾分析、自我分析與定位，決定說服與演講的內容，最後才是根據前面的所有內容，為你的主題命名。因此，真正重要的，與其說是最後命名的主題，不如說更實質的其實是你想達成的目標或目

的。通常，說服與演講大致有以下四種目的或階段性目標。

1. 傳遞知識或常識：要在很短的時間內，說服他者或發表一場演講，能傳遞的知識或常識必然是極有限的，因此說服與演講者本身，應針對較特殊、新穎或較困難的部分，先加以強調或說明就好，同時適當地搭配簡報技巧（可參見本書另章），至於其他相關較複雜的細節或枝節問題，畢竟說服與演講不是在「上課」，可以採用另外推薦閱讀或延伸線索的方式，引導聽者參閱其他材料，以利整體聚焦在跟主題直接相關的知識或常識上。

2. 深化感情與信念：有時候，說服與演講的目的，是在於深化某種人與人之間的情感，或強化人們彼此間的某種價值或信念，針對這種目的，除了一般的內容，說服與演講的重心，應該放更多在說服與演講時的主體態度與自身的情感狀態上。例如，要跟老師同學們報告一篇魯迅的「為人生」的文學作品，跟評述一篇張愛玲的性格化、個人化的特質作品，其表述的態度、情感應該是不同的，畢竟說服與演講是一種比較即時且貼近聽者的表述形式，是一種綜合的溝通與互動，需要說服與演講者在企圖影響他者的感情與信念的同時，自身需要先投入與保持這種精神狀態，才能達到影響的目的。

3. 動搖立場或態度：如果說服與演講的目的帶有「改變」聽者的願望或期許，那麼在說服與演講的過程中，動搖聽眾本來的立場或態度，就是階段性的工作。說服或演講者不要期待太高，認為一次說服或一場演講，就能立即改變聽者，只需要在過程中，以更可靠的實例、更真誠的感情或更明確的意志，強化自身的論點與立場，自然就有可能以間接的方式，影響與動搖聽者的立場與態度。

4. 鼓勵行動與實踐：除卻立場或態度，有時候說服與演講的目的，在於提示與鼓勵聽眾作出進一步的行動與實踐，針對這種目的，在很短的時間內，說服與演講者除了需要明確的指導方向、價值觀外，通常亦需要以自身的實際行動與實踐的經驗為例，才能有效拉近與強化演講者與聽眾之間的信任關係，尤其若演講者與聽眾是初次接觸、初步認識，這種基本信任的建立與營造就更為重要。

　　總之，說服與演講的目的，大致都跟知識、情感、立場、態度與行動實踐等相關，有時目的單一，有時多重，有時目的是內在的，有時是外顯的，同時，各項目的或目標間，也有連動或層次上的邏輯關係，因此，說服與演講者需要有足夠的自覺，才能假設並決定自己在表述時的優先順序與強調的層次，說服與演講工作才有可能發揮較好的品質與效果。

(四)材料蒐集與使用原則

　　在上述各項說服與演講的指導原則下，進一步釐清與確定你的說服與演講的目的後，接著就可以開始正式蒐集材料。基本上，至少包括以下四種。

1. 基本的背景與知識材料：在今天網路化的時代，只要一使用相關的關鍵字檢索，不難找到許多與你的說服與演講的主題、目的相關的材料與論點，但也因此往往造成材料過剩，太多不相關的材料整合在一起，反而常造成說服與演講的論點失焦。因此在蒐集與整理材料時，至少需要先區分材料的重要性與可靠性等層次，例如優先引述一些權威觀點、最新時事的看法等等，同時應盡可能選用來源清楚、知識水平較中性的材料，以維持相對客觀性。

2. 基本的常識材料：除了知識材料，由於說服和演講畢竟有一定程度的普羅性質，一定程度的常識材料或常識的類比舉例，也可多加善用。尤其是，如果說服與演講的目的較為感性，那麼常識材料的比例更要高一些，以降低聽者進入的知識門檻，才能達到階段性影響的效果。

3. 客觀的田調狀況或數據：如果主題或目的跟當下的社會、環境、鄉土等狀況較相關，還可以在材料上多引述一些中立的數據，甚至親自去做一些田野調查或訪談，一方面能補充說服與演講者的感性經驗，二方面也能取得一般知識與常識之外的最新實況，對演講工作將能更有說服力。

4. 個人化的相關經驗、歷練或見識：這個部分的材料來自個人感性的

經歷，可以適當地穿插一部分在說服與演講的過程中。例如：淡江大學有交換生及大三出國的制度，如果你曾經參與過，因此要你以過來人的經驗，向學弟妹進行一場鼓勵他們出國交換的演講，你就可以多強化你個人的旅行與學習經驗，在這種主題的性質下，個人經驗與激勵人心的風格化的表述，往往比純粹知識的引導與介紹，更能有效達成演講的目的。

最後，需要注意的是，這四種材料在說服與演講的準備中，是比例輕重及綜合上的關係，而並非單獨一定哪種為多為重，說服與演講者需要根據各種前述所言的實際狀況（聽者的背景、說服／演講者的狀況、演講的主題與目的等）來統整與剪裁你的材料，才能符合各種實際表述目的或目標的需要。

二、演講稿類推與擬定原則──以馬丁·路德·金恩（Martin Luther King）的〈我有一個夢想〉（I Have A Dream, 1963）為例

一份完整有說服力的演講稿，除了考量以上的各項原則、實踐方法，在具體的內容展開上，至少還需包括的元素有：開場、陳述目的與重要性、範例或個案（包括故事或細節補充）、強調與呼應目的的結尾等。以下，就以歷史上著名的美國領導人馬丁·路德·金恩（1929-1968）的演講〈我有一個夢想〉（1963）為例（中英文全文請參見本章附錄），分析它成功表述的特質，以利同學們類推學習。

1. 開場：〈我有一個夢想〉是金恩於1963年8月28日於美國華盛頓林肯紀念堂舉行的「為工作的自由進軍」時所做的一場演講，這場演講被認為「充滿林肯和甘地精神的象徵和聖經的韻律」[3]，是近百年歷史上最好的演講之一。在這場演講的開場中，金恩以一種訴諸普遍性、非暴力和平的信念與立場，首先就為廣大的一般美

---

[3] 參見美國在台協會（American Institute in Taiwan）官網http://www.ait.org.tw/infousa/zhtw/PUBS/LivingDoc/haveadream-2.htm.

國人民，聯繫上過去的美國曾簽定的解放黑奴宣言的歷史，這種開場方式，就材料的性質來說，屬於一般的背景或知識材料，因為廣大的人民可能是健忘的，金恩一開始就先強調這一點，也為其後面將轉折的內容與細節作出暗示與鋪陳。

2. 陳述目的與重要性：接著，這篇演講稿開始陳述它的目的──儘管美國曾簽定解放黑奴宣言，但就客觀落實的結果來說，美國的黑人仍然沒有得到真正的自由，生活上也繼續受到諸多的不平等與壓迫，因此，這篇演講立即切入它的主題與目的，有力地向人民點出美國人民應該要兌現過去歷史上的承諾。金恩以簡明的支票兌現與退票的比喻，形象化地說明他今天之所以會站在這裡演講的原因。目的清楚，語言平易近人，並且更進一步的繼續鼓勵與強化黑人們追求平等自由的意志與決心。

3. 範例或個案（包括故事或細節補充）：接著正式進入這篇演講的正文，金恩使用了多次的排比句，來擴充並強調爭取自由平等對黑人絕不可動搖的價值與反抗的意志，精彩的內容與句子如下：

當我們行動時，我們必須保證向前進。我們不能倒退。現在有人問熱心民權運動的人：「你們什麼時候才能滿足？」

只要黑人仍然遭受警察難以形容的野蠻迫害，我們就絕不會滿足。

只要我們在外奔波而疲乏的身軀不能在公路旁的汽車旅館和城裡的旅館找到住宿之所，我們就絕不會滿足。

只要黑人的基本活動範圍只是從少數民族聚居的小貧民區轉移到大貧民區，我們就絕不會滿足。

只要密西西比仍然有一個黑人不能參加選舉，只要紐約有一個黑人認為他投票無濟於事，我們就絕不會滿足。

不！我們現在並不滿足，我們將來也不滿足，除非正義和公正猶如江海之波濤，洶湧澎湃，滾滾而來。

我並非沒有注意到，參加今天集會的人中，有些受盡苦難和折磨；有些剛剛走出窄小的牢房；有些由於尋求自由，曾在居住地慘遭瘋狂迫害的打擊，並在警察暴行的旋風中搖搖欲墜。你們是人為痛苦的長期受難者。堅持下去吧，要堅決相信，忍受不應得的痛苦是一種贖罪。

這整段話不但細節具體、多樣，在豐富的範例與文詞變化中層層遞進，同時帶有對聽眾的心態與行動的鼓勵作用，可以說是非常成功的範例（細節）表述，而且每種細節幾乎都成功地呼應了金恩前面所提示的目的——黑人有權且應該獲得與白人一樣的平等及自由。

4. 強調與呼應目的的結尾：一場具有說服力的演講，結尾非常重要，因為聽眾在中間可能略有分心，也可能在一開始就沒進入狀況，因此結尾必須再次強調與呼應演講的預設目的。金恩在此使用的是訴諸普世對自由、平等的理想與情感，而且以重覆的句子「我夢想有一天」強化這種感情與信念，他的原文譯文的關鍵處非常強而有力，令人印象深刻，如：

我夢想有一天，這個國家會站立起來，真正實現其信條的真諦：「我們認為這些真理是不言而喻的：人人生而平等。」
我夢想有一天，在喬治亞的紅山上，昔日奴隸的兒子將能夠和昔日奴隸主的兒子坐在一起，共敘兄弟情誼。
我夢想有一天，甚至連密西西比州這個正義匿跡，壓迫成風，如同沙漠般的地方，也將變成自由和正義的綠洲。
我夢想有一天，我的四個孩子將在一個不是以他們的膚色，而是以他們的品格優劣來評價他們的國度裡生活。
我今天有一個夢想。
我夢想有一天，阿拉巴馬州能夠有所轉變，儘管該州州長

現在仍然滿口異議，反對聯邦法令，但有朝一日，那裡的黑人男孩和女孩將能與白人男孩和女孩情同骨肉，攜手並進。

我今天有一個夢想。

我夢想有一天，幽谷上升，高山下降，坎坷曲折之路成坦途，聖光披露，滿照人間。

這就是我們的希望。我懷著這種信念回到南方。有了這個信念，我們將能從絕望之巒劈出一塊希望之石。有了這個信念，我們將能把這個國家刺耳爭吵的聲音，改變成為一支洋溢手足之情的優美交響曲。

即使普世情懷是抽象的，但金恩落實在不同的形象與細節裡，提出各種黑人與其他種族平等生活的想像，給出夢想對希望，充分達到鼓舞在場所有聽者的效果。而即使在半個世紀後的今日，我們再次閱讀這篇著名的演講稿，仍然會為他自覺的理想、清晰的語表、豐沛的情感、美好的示例給充分打動吧！

三、臨場表現與演練

無論規劃地再好的演講，對於初學者來說，如果沒有適當地演練，真正臨場表現時恐怕仍會有很多意外狀況。因此，演講者也需要在臨場前，有一定的心理準備和技術工作企劃，包括以下面向。

1. 穩定的情緒：說服與演講的目的在於影響他人，因此說服與演講者本身的情緒穩定有一定的必要。尤其在臨場前，更應該將自己調整到一種比較平心靜氣、順其自然的主體狀態，才能在正式的會場中接受各方能量且維持平衡，否則很容易會被干擾以致於影響到原來做好的演講計劃。

2. 中性的立場：有些時候你能掌握聽眾的性質、層次，但有些時候則並非如此，因此演講者在真正臨場時，最好一開始先維持比較

中性的立場，再視自己進入的狀況和現場的回應微調立場或態度，畢竟演講的目的是達到影響，為了達成一定程度的影響，必須不斷的動態微調主體並適應變化。

3. 自然的態度：臨場的態度要盡量自然，自己是什麼性格、風格不用刻意抑制與遮掩。同時，在發言的時候，盡量不要對著演講稿照念，應該以一種融會貫通的方式，配合電腦投影片來加以陳述即可。

4. 適當的轉折：一場演講的時間如果超過半小時、一小時以上，最好在演講的過程中創造一些轉折，或以故事、細節甚至幽默的笑話或例子串場，而不要過於嚴肅且完全線性地直奔主題，有時候甚至有一點小失誤與歧出亦無妨，反而可以運用這樣的轉折，讓聽眾也維持在一種較輕鬆有彈性的狀態，對於說服與演講的實際效果可能更好。

5. 得體的衣著：所謂得體的衣著，指的是考慮到演講主題及聽眾的性質、風格後，對自己的服裝儀容做出的一些搭配表現。例如，如果是一場位於國際會議廳的演講，同時聽眾的專業層次上較高，服裝還是應該以端莊大方為主，但如果是針對學生、朋友、晚輩等的演講，反而不宜太正式嚴肅，應該以配合聽眾的特質下去著裝，才不致於到了會場顯得風格突兀，以至於影響到臨場的主體精神狀態。

6. 多媒體投影片設計：有鑑於新世紀是網路與多媒體主導的時代，演講者在臨場時最好還是準備設計一份電腦投影片，同時舉凡投影片的類型、色彩、圖像、影像、音樂搭配等，也可適當地考慮進去，因為這些元素，都可以跟演講的內容形成互補的關係，演講者也可以運用這些媒介的形式，向聽眾進行更好的心理暗示與導引，以強化口語表達的內涵。

四、延伸閱讀

1. 戴爾・卡內基（Dale Carnegie）著，詹麗茹譯，《成功有效的團體溝通》，臺北：龍齡出版公司，1992年。

2. 史帝文・藍思博（Steven E. Landsburg）著，蔡繼光譯，《公平賽局》，臺北：金錢文化企業公司，1998年。

3. Alan M. Perlman著，林淑瓊譯，《最佳講稿撰寫》，臺北：揚智文化事業公司，1999年。

4. 李郁文，《團體動力學》，臺北：桂冠圖書公司，1999年。

5. James Lull著，陳芸芸譯，《媒介・傳播與文化：全球化的途徑》，臺北：韋伯文化事業公司，2002年。

6. 黛安娜・布荷（Diana Booher）著，許晉福譯，《自信演說自在表達》，臺北：麥格羅希爾公司，2003年。

五、練習單元

請根據本章所學習的框架與方法，參考以下的表單，提出一份演講企劃並練習。

項目	主要規劃或假設
前置準備	
1. 聽眾分析 2. 自我分析與定位 3. 目的與主題假設 4. 材料蒐集與使用	
演講稿草擬	
1. 開場 2. 陳述目的與重要性 3. 範例或個案（包括故事或細節補充） 4. 強調與呼應目的的結尾	
臨場表現與演練	
1. 衣著規劃 2. 多媒體投影片設計（含PPT的類型、色彩、圖像、影像、音樂搭配等）	

備註：本表單可自行放大延伸使用。

附錄：馬丁・路德・金恩的〈我有一個夢想〉（I Have a Dream, 1963）

中英文稿全文[4]：

I am happy to join with you today in what will go down in history as the greatest demonstration for freedom in the history of our nation.

Five score years ago, a great American, in whose symbolic shadow we stand today, signed the Emancipation Proclamation. This momentous decree came as a great beacon light of hope to millions of Negro slaves who had been seared in the flames of withering injustice. It came as a joyous day-break to end the long night of their captivity.

But 100 years later, the Negro still is not free. One hundred years later, the life of the Negro is still sadly crippled by the manacles of segregation and the chains of discrimination. One hundred years later, the Negro lives on a lonely island of poverty in the midst of a vast ocean of material prosper-ity. One hundred years later, the Negro is still languished in the corners of American society and finds himself an exile in his own land. And so we've come here today to dramatize a shameful condition.

In a sense we've come to our nation's capital to cash a check. When the architects of our republic wrote the magnificent words of the Constitution and the Declaration of Independence, they were signing a promissory note to which every American was to fall heir. This note was a promise that all men-yes, black men as well as white men-would be guaranteed the unalienable rights of life, liberty, and the pursuit of happiness.

It is obvious today that America has defaulted on this promissory note insofar as her citizens of color are concerned. Instead of honoring this sacred

---

4　英文原稿出自美國在臺協會（American Institute in Taiwan）官網http://www.ait.org.tw/infousa/zhtw/DOCS/basic_reading/38.html，中譯亦出自美國在臺協會官網http://www.ait.org.tw/infousa/zhtw/PUBS/LivingDoc/haveadream.htm.

obligation, America has given the Negro people a bad check, a check that has come back marked "insufficient funds."

But we refuse to believe that the bank of justice is bankrupt. We refuse to believe that there are insufficient funds in the great vaults of opportunity of this nation. And so we've come to cash this check, a check that will give us upon demand the riches of freedom and security of justice. We have also come to his hallowed spot to remind America of the fierce urgency of now. This is no time to engage in the luxury of cooling off or to take the tranquilizing drug of gradualism. Now is the time to make real the promises of democracy. Now is the time to rise from the dark and desolate valley of segregation to the sunlit path of racial justice. Now is the time to lift our nation from the quicksands of racial injustice to the solid rock of brotherhood. Now is the time to make justice a reality for all of God's children.

It would be fatal for the nation to overlook the urgency of the moment. This sweltering summer of the Negro's legitimate discontent will not pass until there is an invigorating autumn of freedom and equality. Nineteen sixty-three is not an end but a beginning. Those who hoped that the Negro needed to blow off steam and will now be content will have a rude awakening if the nation returns to business as usual. There will be neither rest nor tranquility in America until the Negro is granted his citizenship rights. The whirlwinds of revolt will continue to shake the foundations of our nation until the bright day of justice emerges.

But there is something that I must say to my people who stand on the warm threshold which leads into the palace of justice. In the process of gaining our rightful place we must not be guilty of wrongful deeds. Let us not seek to satisfy our thirst for freedom by drinking from the cup of bitterness and hatred. We must forever conduct our struggle on the high plane of dignity and discipline. We must not allow our creative protest to degenerate into physical violence. Again and again we must rise to the majestic heights of meeting physical force with soul force. The marvelous new militancy which has engulfed the Negro community must not lead us to a distrust of all white people, for many of our white brothers, as evidenced by their presence here today, have come to realize that their destiny is tied up with our destiny. And they have come to realize that their freedom is inextricably bound to our freedom. We cannot walk alone.

And as we walk, we must make the pledge that we shall always march ahead. We cannot turn back. There are those who are asking the devotees of civil rights, "When will you be satisfied?" We can never be satisfied as long as the Negro is the victim of the unspeakable horrors of police brutality. We can never be satisfied as long as our bodies, heavy with the fatigue of travel, cannot gain lodging in the motels of the highways and the hotels of the cities. We cannot be satisfied as long as the Negro's basic mobility is from a smaller ghetto to a larger one. We can never be satisfied as long as our children are stripped of their selfhood and robbed of their dignity by signs stating "for whites only." We cannot be satisfied as long as a Negro in Mississippi cannot vote and a Negro in New York believes he has nothing for which to vote. No, no we are not satisfied and we will not be satisfied until justice rolls down like waters and righteousness like a mighty stream.

I am not unmindful that some of you have come here out of great trials and tribulations. Some of you have come fresh from narrow jail cells. Some of you have come from areas where your quest for freedom left you battered by storms of persecution and staggered by the winds of police brutality. You have been the veterans of creative suffering. Continue to work with the faith that unearned suffering is redemptive.

Go back to Mississippi, go back to Alabama, go back to South Carolina, go back to Georgia, go back to Louisiana, go back to the slums and ghettos of our northern cities, knowing that somehow this situation can and will be changed.

Let us not wallow in the valley of despair. I say to you today my friends-so even though we face the difficulties of today and tomorrow, I still have a dream. It is a dream deeply rooted in the American dream.

I have a dream that one day this nation will rise up and live out the true meaning of its creed: "We hold these truths to be self-evident, that all men are created equal."

I have a dream that one day on the red hills of Georgia the sons of former slaves and the sons of former slave owners will be able to sit down together at the table of brotherhood.

I have a dream that one day even the state of Mississippi, a state sweltering with the heat of injustice, sweltering with the heat of oppression, will be transformed into an oasis of freedom and justice.

I have a dream that my four little children will one day live in a nation where they will not be judged by the color of their skin but by the content of their character.

I have a dream today.

I have a dream that one day down in Alabama, with its vicious racists, with its governor having his lips dripping with the words of interposition and nullification-one day right there in Alabama little black boys and black girls will be able to join hands with little white boys and white girls as sisters and brothers.

I have a dream today.

I have a dream that one day every valley shall be exalted, and every hill and mountain shall be made low, the rough places will be made plain, and the crooked places will be made straight, and the glory of the Lord shall be revealed and all flesh shall see it together.

This is our hope. This is the faith that I go back to the South with. With this faith we will be able to hew out of the mountain of despair a stone of hope. With this faith we will be able to transform the jangling discords of our nation into a beautiful symphony of brotherhood. With this faith we will be able to work together, to pray together, to struggle together, to go to jail together, to stand up for freedom together, knowing that we will be free one day.

This will be the day, this will be the day when all of God's children will be able to sing with new meaning "My country 'tis of thee, sweet land of liberty, of thee I sing. Land where my father's died, land of the Pilgrim's pride, from every mountainside, let freedom ring!"

And if America is to be a great nation, this must become true. And so let freedom ring from the prodigious hilltops of New Hampshire. Let freedom ring from the mighty mountains of New York. Let freedom ring from the heightening Alleghenies of Pennsylvania.

Let freedom ring from the snow-capped Rockies of Colorado. Let freedom ring from the curvaceous slopes of California.

But not only that; let freedom ring from Stone Mountain of Georgia.

Let freedom ring from Lookout Mountain of Tennessee.

Let freedom ring from every hill and molehill of Mississippi-from every mountainside.

Let freedom ring. And when this happens, and when we allow freedom ring-when we let it ring from every village and every hamlet, from every state and every city, we will be able to speed up that day when all of God's children-black men and white men, Jews and Gentiles, Protestants and Catholics-will be able to join hands and sing in the words of the old Negro spiritual: "Free at last! Free at last! Thank God Almighty, we are free at last!"

中譯：

　　一百年前，一位偉大的美國人簽署瞭解放黑奴宣言，今天我們就是在他的雕像前集會。這一莊嚴宣言猶如燈塔的光芒，給千百萬在那摧殘生命的不義之火中受煎熬的黑奴帶來了希望。它之到來猶如歡樂的黎明，結束了束縛黑人的漫漫長夜。

　　然而一百年後的今天，我們必須正視黑人還沒有得到自由這一悲慘的事實。一百年後的今天，在種族隔離的鐐銬和種族歧視的枷鎖下，黑人的生活備受壓榨。一百年後的今天，黑人仍生活在物質充裕的海洋中一個窮困的孤島上。一百年後的今天，黑人仍然萎縮在美國社會的角落裡，並且意識到自己是故土家園中的流亡者。今天我們在這裡集會，就是要把這種駭人聽聞的情況公諸於眾。

　　就某種意義而言，今天我們是為了要求兌現諾言而匯集到我們國家的首都來的。我們共和國的締造者草擬憲法和獨立宣言的氣壯山河的詞句時，曾向每一個美國人許下了諾言。他們承諾給予所有的人以生存、自由和追求幸福的不可剝奪的權利。

　　就有色公民而論，美國顯然沒有實踐她的諾言。美國沒有履行這項神聖的義務，只是給黑人開了一張空頭支票，支票上蓋著「資金不足」的戳子後便退了回來。但是我們不相信正義的銀行已經破產。我們不相信，在這個國家巨大的機會之庫裡已沒有足夠的儲備。因此今天我們要求將支票兌現——這張支票將給予我們寶貴的自由和正義的保障。

　　我們來到這個聖地也是為了提醒美國，現在是非常急迫的時刻。現在絕非侈談冷靜下來或服用漸進主義的鎮靜劑的時候。現在是實現民主的諾言的時候。現在是從種族隔離的荒涼陰暗的深谷攀登種族平等的光明大道的時候。現在是向上帝所有的兒女開放機會之門的時候。現在是把我們的國家從種族不平等的流沙中拯救出來，置於兄弟情誼的磐石上的時候。

　　如果美國忽視時間的迫切性和低估黑人的決心，那麼，這對美國來說，將是致命傷。自由和平等的爽朗秋天如不到來，黑人義憤填膺的酷暑就不會過去。一九六三年並不意味著鬥爭的結束，而是開始。有人希望，

黑人只要消消氣就會滿足；如果國家安之若素，毫無反應，這些人必會大失所望的。黑人得不到公民的權利，美國就不可能有安寧或平靜。正義的光明的一天不到來，叛亂的旋風就將繼續動搖這個國家的基礎。

　　但是對於等候在正義之宮門口的心急如焚的人們，有些話我是必須說的。在爭取合法地位的過程中，我們不要採取錯誤的做法。我們不要為了滿足對自由的渴望而抱著敵對和仇恨之杯痛飲。我們鬥爭時必須求遠舉止得體，紀律嚴明。我們不能容許我們的具有嶄新內容的抗議蛻變為暴力行動。我們要不斷地昇華到以精神力量對付物質力量的崇高境界中去。

　　現在黑人社會充滿著了不起的新的戰鬥精神，但是我們卻不能因此而不信任所有的白人。因為我們的許多白人兄弟已經認識到，他們的命運與我們的命運是緊密相連的，他們今天參加遊行集會就是明證。他們的自由與我們的自由是息息相關的。我們不能單獨行動。

　　當我們行動時，我們必須保證向前進。我們不能倒退。現在有人問熱心民權運動的人：「你們什麼時候才能滿足？」

　　只要黑人仍然遭受警察難以形容的野蠻迫害，我們就絕不會滿足。

　　只要我們在外奔波而疲乏的身軀不能在公路旁的汽車旅館和城裡的旅館找到住宿之所，我們就絕不會滿足。

　　只要黑人的基本活動範圍只是從少數民族聚居的小貧民區轉移到大貧民區，我們就絕不會滿足。

　　只要密西西比仍然有一個黑人不能參加選舉，只要紐約有一個黑人認為他投票無濟於事，我們就絕不會滿足。

　　不！我們現在並不滿足，我們將來也不滿足，除非正義和公正猶如江海之波濤，洶湧澎湃，滾滾而來。

　　我並非沒有注意到，參加今天集會的人中，有些受盡苦難和折磨；有些剛剛走出窄小的牢房；有些由於尋求自由，曾在居住地慘遭瘋狂迫害的打擊，並在警察暴行的旋風中搖搖欲墜。你們是人為痛苦的長期受難者。堅持下去吧，要堅決相信，忍受不應得的痛苦是一種贖罪。

　　讓我們回到密西西比去，回到阿拉巴馬去，回到南卡羅來納去，回到喬治亞去，回到路易斯安那去，回到我們北方城市中的貧民區和少數民族居住區去，要心中有數，這種狀況是能夠也必將改變的。我們不要陷入絕望而不克自拔。

　　朋友們，今天我對你們說，在此時此刻，我們雖然遭受種種困難和挫折，我仍然有一個夢想。這個夢想是深深扎根於美國的夢想中的。

　　我夢想有一天，這個國家會站立起來，真正實現其信條的真諦：「我們認為這些真理是不言而喻的：人人生而平等。」

　　我夢想有一天，在喬治亞的紅山上，昔日奴隸的兒子將能夠和昔日奴隸主的兒子坐在一起，共敘兄弟情誼。

　　我夢想有一天，甚至連密西西比州這個正義匿跡，壓迫成風，如同沙漠般的地方，也將變成自由和正義的綠洲。

　　我夢想有一天，我的四個孩子將在一個不是以他們的膚色，而是以他們的品格優劣來評價他們的國度裡生活。

　　我今天有一個夢想。

　　我夢想有一天，阿拉巴馬州能夠有所轉變，儘管該州州長現在仍然滿口異議，反對聯邦法令，但有朝一日，那裡的黑人男孩和女孩將能與白人男孩和女孩情同骨肉，攜手並進。

　　我今天有一個夢想。

　　我夢想有一天，幽谷上升，高山下降，坎坷曲折之路成坦途，聖光披露，滿照人間。

　　這就是我們的希望。我懷著這種信念回到南方。有了這個信念，我們將能從絕望之嶺劈出一塊希望之石。有了這個信念，我們將能把這個國家刺耳爭吵的聲音，改變成為一支洋溢手足之情的優美交響曲。

　　有了這個信念，我們將能一起工作，一起祈禱，一起鬥爭，一起坐牢，一起維護自由；因為我們知道，終有一天，我們是會自由的。

　　在自由到來的那一天，上帝的所有兒女們將以新的含義高唱這支歌：「我的祖國，美麗的自由之鄉，我為您歌唱。您是父輩逝去的地方，您是最初移民的驕傲，讓自由之聲響徹每個山崗。」

如果美國要成為一個偉大的國家，這個夢想必須實現。讓自由之聲從新罕布什爾州的巍峨峰巔響起來！讓自由之聲從紐約州的崇山峻嶺響起來！讓自由之聲從賓夕法尼亞州阿勒格尼山的頂峰響起來！

讓自由之聲從科羅拉多州冰雪覆蓋的洛基山響起來！讓自由之聲從加利福尼亞州蜿蜒的群峰響起來！不僅如此，還要讓自由之聲從喬治亞州的石嶺響起來！讓自由之聲從田納西州的瞭望山響起來！

讓自由之聲從密西西比的每一座丘陵響起來！讓自由之聲從每一片山坡響起來。

當我們讓自由之聲響起來，讓自由之聲從每一個大小村莊、每一個州和每一個城市響起來時，我們將能夠加速這一天的到來，那時，上帝的所有兒女，黑人和白人，猶太教徒和非猶太教徒，耶穌教徒和天主教徒，都將手攜手，合唱一首古老的黑人靈歌：「終於自由啦！終於自由啦！感謝全能的上帝，我們終於自由啦！」

第九章
溝通與企劃技巧

楊宗翰

導言

　　人是一種社會動物，溝通則是人的基本需求。這意指：我們需要共同營造一種社會生活，需要透過溝通來意識到「我是怎麼樣的一個人」，需要透過成千上萬種溝通行為來協助自己適應環境。我們藉由溝通來定位自己、瞭解他人，它是一個雙向道路——不是一方說或做出傳達動作而已，而是一方先接受訊息，繼而做出反應，一來一往間構成了溝通的管道。人與人之間溝通，所接受的訊息不僅限於口語內容，還應該包括聲調、語氣、表情、肢體動作、目光接觸等等，乃至於所謂「非語言溝通」（Non-verbal Communication）。溝通所欲傳達的，正是以上這些資訊的總和。

　　本章將先介紹溝通的起源、要素、過程與目標，再說明語言和非語言溝通之間的相似性／相異性。繼而由此談到人際關係中的溝通技巧，期盼讀者能夠思考如何發展出一生受用不盡的卓越溝通能力。本章不欲將闡述人際溝通一事，淪為吊書袋或純屬經驗分享；而是想善用這些溝通技巧，以思考如何將之轉化在計畫書的撰寫上。產業界一直以來都對「行銷企劃」有著殷切需求，而這個職位正需要良好的溝通及企劃能力。能否順利完成計畫書的撰寫（以及後續的執行），更是檢驗一位企劃人員是否稱職的關卡。除了產業界及其商業環境，學術界人士在從事專題研究案申請時，同樣得向科技部提出合宜的研究計畫書以爭取經費；民間非營利組織或基金會在活動規劃時，亦多會以活動計畫書申請政府單位的資源補助。由上可知，懂得溝通與企劃技巧的人才，畢業後勢必擁有極大的市場競爭力及較多的可選擇職缺。關於這些技巧及認知，其實大學生在學期間就應

該開始自我訓練，免得臨求職時才發覺所知有限，求救無門。本章將介紹計畫書的撰寫方式，包括目標說明、內容規劃、進度期程、經費結構等內容核心，並舉例說明應注意事項。從溝通、企劃技巧到計畫書撰寫，在在都是理論及實務兩者的結合，希望能藉此讓大家對「中國語文能力表達」這門課程更感興趣。請讓這門課成為日後畢業求職及人生道路上的得力助手吧。

一、溝通的起源、要素、過程與目標

　　自古希臘時代開始，柏拉圖及亞里斯多德等哲學家就將語言藝術或公開演說視為參與社會生活的必備技能，溝通（Communication）這門學問顯然擁有頗為長久的歷史。在《人類溝通的起源》（*Origins of Human Communication*）一書中，研究語言的科學家麥克‧托瑪賽羅結合了「兒童語言」及「猿類認知」這兩個不甚相關領域的研究成果，主張人類的溝通是以基本的相互合作，甚至是共享的意圖為基礎──人類溝通以語言為其最精密的成品，而共享的意圖便是所有語言句型最初的源頭。他對人類溝通的起源提出了三種假說：[1]

㈠ 人類的合作式溝通，最初肇始於手勢這個領域（以手指物和比劃示意）。

㈡ 這個演化是由共享意圖的技巧和動機所促成，這些技能和動機，最初則是在合作互助活動的背景下演化出來。

㈢ 只有在本身就帶有意義的合作活動中，並在「自然」的溝通形式如以手指物和比劃示意的協調下，完全武斷的語言慣例才會誕生。

　　他把人類溝通的起源回推到如此之早，說明人類有了共享意圖，便會有合作活動；而以手指物、比劃等溝通手勢的出現，更讓人與人之間的合作變得容易及可能。這些肢體動作，提供了口語演化的平臺，最後遂催生出今日我們熟悉的各種複雜語言句型。麥克‧托瑪賽羅還指出：「語言行

1　麥克‧托瑪賽羅（Michael Tomasello）著，蔡雅菁譯，《人類溝通的起源》（*Origins of Human Communication*），臺北：文鶴出版有限公司，2010年3月，頁198。

為是人類刻意要導引他人的社會行為」、「這些行為之所以可行，是因為參與溝通的雙方，都具備共享意圖的技能與動機這種心理基礎，人類演化出這種意圖，是為了便利在合作活動中與他人互動」。[2]從上可知，「合作」成為語言演化之本，「合作」也是人類文明發展迄今的重要成就。

　　溝通的基本要素，至少包括情境架構（Context）、來源（Source）、受播者（Destination）、訊息（Message）、管道（Channel）、噪音（Noise）、編碼或解碼（Encoding or Decoding）、回饋（Feedback）等。學者曾歸納溝通的意義是：「在一個情境架構中，由一個人或更多的人，發出訊息，並由一個人或更多的人收到噪音阻礙（或曲解）的訊息，產生一些效果，並在其中含有一些回饋的活動。」[3]至於溝通的過程，便是這些溝通要素在下圖內的呈現：

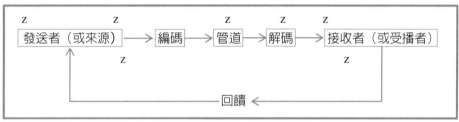

情境架構

*z＝噪音（或干擾）

　　研究溝通學的專家認為，溝通有多項功能，譬如威爾斯（G. Wells）所提出的這五項：[4]

㈠ 控制：參與溝通的人主要是做控制行為，譬如命令、威脅。

㈡ 表態：在溝通行為中，表達情感或回報別人的情態，譬如尖叫、責罵。

㈢ 傳播訊息：許多溝通行為的產生，是為了傳達訊息或獲知訊息，譬如

2　同前註，頁206。

3　李茂政編著，《人際溝通新論：原理與技巧》，臺北：風雲論壇有限公司，2007年6月，頁198。

4　劉麗容，《如何克服溝通障礙》，臺北：遠流出版事業股份有限公司，1991年4月，頁23-24。

　　詢問、解釋。

㈣ 表示禮貌：為了保持社會關係，增進交流，譬如問候、參加禱告。

㈤ 表現想像力：溝通行動可使參與者運用想像力，從事富創造性的行
　　為，譬如表演、說故事。

　　《溝通聖經》（*Mastering Communication*）書中則論及，人與人之間
的溝通，背後總是有四個主要目標：

㈠ 被接收，即被聽到或被讀到。

㈡ 被理解。

㈢ 被接受。

㈣ 使對方採取行動，即改變行為或態度。

　　只要沒達到其中任何一項目標，溝通便算失敗。溝通失敗所帶來的挫
折及不滿，經常表現在：「我說的話，你聽不懂嗎？」這樣的反應中。其
實問題可能就出在「什麼是『我說的話』？」語言只是我們藉以表達想法
的一種代碼，唯有雙方都賦予這組代碼相同意義，這代碼才能被理解。文
字只是用以代表事情和想法的符號，而我們每個人都會給予每個字稍微不
同的意義。有效溝通的主要障礙，其實就是我們每個人對文字意義詮釋的
差別（判別某些文字的意義，有時取決於個人的經驗）。[5]

二、非語言溝通

　　雖然文字在此扮演著重要角色，但人類當然不是只透過文字進行溝
通。我們可能透過圖片進行溝通，用圖片替代文字說明，以加強所欲傳達
的訊息。在說話的時候，我們還會透過被稱為「非語言溝通」的其他方式
進行溝通，譬如：

㈠ 臉部表情：如一個微笑，或一個皺眉。

㈡ 肢體動作：利用雙手或身體的動作，解釋或強調語言訊息。

㈢ 身體姿勢：坐姿或站姿。

5　以上引自Nicky Stanton著、羅慕謙譯，《溝通聖經：聽說讀寫全方位溝通技巧》（*Mastering
　　Communication*），臺北：寂天文化事業股份有限公司，2011年1月，頁18-20。

㈣ 方向：面對對方，或背對對方。

㈤ 目光接觸：是否看著對方，或是看著對方的時間長短。

㈥ 肢體接觸：拍背、搭肩。

㈦ 距離：自己與對方的距離。

㈧ 點頭：表示同意或不同意，或鼓勵對方繼續說下去。

㈨ 外表：外貌和衣著。

　　上述這九項，都是雙方在溝通時很好的觀察指標。「非語言溝通」實不僅如此，它應該還要包括口頭文字或書面文字的非語言部分：

㈠ 口頭文字非語言部分：音高、語調、語速、音質、音色的變化。

㈡ 書面文字非語言部分：字跡、排版、組織、整潔和整體視覺印象。

　　以上所有「非語言」的溝通方式，也被稱為「後設溝通」（Meta-Communication）。希臘字首「mtea」是「超越」或「附加」之意，所以「後設溝通」可以理解為「溝通之外附加的東西」。這是在提醒我們：人類在溝通時，都會伴隨著這種非語言的溝通。值得注意的是，伴隨著所有訊息出現的後設溝通，是非常具有傳播力的。倘若你的語言跟行為互相矛盾，對方可能只會注意後設溝通所傳達的意思，而不理會文字本身的意思，實在不可不慎。[6]

　　溝通學教授茱莉亞・伍德（Julia T. Wood）指出：超越文字的世界，是人類溝通中重要介面，非語言行為便占了整體溝通意義的65-93%。她將人類溝通面中「語言溝通」和「非語言溝通」之間的相似性／相異性做了比較。

1.語言和非語言溝通之間的相似性

⑴語言和非語言溝通都是符號性的：譬如見到朋友時，若微笑便象徵愉悅，若睜大眼睛便表示驚訝。

⑵語言和非語言溝通都有規則可循：譬如在美國，握手是開始及結束商務會議的慣例。

6　同前註，頁21-20。

(3)語言和非語言溝通都可能是有意或無意的：兩者都有可能是故意控制或無心的舉動，譬如面試時特意控制咬字及注重穿著；但被問到難題時，不會注意到自己竟然眨了眼睛。

(4)語言和非語言溝通都生成於文化之中：非語言溝通也受到文化、想法、價值、習俗和歷史的塑造。當我們學習一個文化的語言時，也學習到非語言的符碼。

2. 語言和非語言溝通之間的相異性

(1)非語言溝通比語言溝通可靠：譬如有人瞪著你說：「很高興見到你。」你多半會傾向於相信眼神中傳達的負面非語言訊息。

(2)非語言溝通可使用多重管道：語言溝通傾向以單一管道送出，非語言溝通則可能同時出現在兩個以上的管道。譬如你可能微笑地觸撫一個朋友，並輕聲說出讚美，這時非語言溝通便在視覺、觸覺、聽覺三個管道同時發生。

(3)非語言溝通比語言溝通有持續性：語言符號有比較明確的開始或停止（只要我們停止說或寫）；非語言溝通卻很難，甚至不可能停止。因為只要兩個人在一起，他們都不斷有意無意地投入在非語言行為中，譬如他們如何進入和離開房間、如何移動、甚至如何歪頭，都可能影響溝通的意義。像是燈光或溫度等環境的非語言特徵，也會影響人際互動。

瞭解語言和非語言行為之間的相似性和相異性，可使我們更明白這兩種溝通形式，並幫助我們洞悉兩者如何在人際互動中合作。[7]

三、人際關係中的溝通技巧

人可以停止說話，但不能停止溝通。人際關係是溝通互動的結果，如

---

[7] 以上引自Julia T. Wood著，游梓翔、劉文英、廖婉如合譯，《人際關係與溝通技巧》（*Interpersonal Communication: Everyday Encounters*），臺北：新加坡商湯姆生亞洲私人有限公司臺灣分公司，2006年8月，頁179-183。

果我們缺乏溝通的技巧，便很有可能成為人際關係經營上的失敗者，影響到學習、工作與生活。所謂人際溝通（Interpersonal Communication）乃是指：「人與人之間訊息傳送和被人瞭解的過程；因此，溝通是一個『有意義』的互動歷程。溝通之本質在傳遞訊息，使溝通雙方『瞭解』彼此的意思，而非讓對方『一定接受』傳訊者的期望。」[8]人際溝通包含了以下四個重要概念：

㈠ 人際溝通是互動性（Interactive）的：溝通是有來有往，而不只是單一方向的行為表現。在溝通歷程中，雙方對於溝通當下及溝通之後形成的意義和關係皆負有責任。因此，溝通行為是彼此相互連結的過程。在人們的生活中，大部分訊息的完整意義都必須藉著雙方互動之後，才能真正完成。

㈡ 人際溝通是一個過程（Process）：它是在一段時間中，有目的進行的一連串行為。它不是一個時間點，而是持續不斷發展的過程。幾乎可以說，溝通永遠都是進行式，它是Communicating的。

㈢ 人際溝通是有意義（Meaning）的：所謂「意義」，是指溝通行為的內容（Content）、意圖（Intention）及其被賦予的重要性（Significance）。

㈣ 人際溝通結果會創造關係：透過互動傳達雙方所接收訊息的意義後，雙方內心會產生對於對方正、負向心理感受（覺得對方是可信任或不可信任），進而在心理上產生一種連結，以決定是否要繼續互動或交往下去。

　　人際溝通具有相當的主觀性，且通常是由接受的人來解讀。所以在溝通過程中，發送者（或傳訊者）認為「我的意思是什麼」並不重要；接收者（或接收訊息的一方）如何解釋「發送者（或傳訊者）的溝通行為是什麼意思」才重要。明乎此，無怪乎人際溝通時會有「各說各話」、「同一件事竟有不同版本」的情況發生。[9]

8　鄭佩芬編著，《人際關係與溝通技巧》，臺北：揚智文化事業股份有限公司，2000年10月，頁5。
9　同前註，頁5-6。

在實際進行溝通之前，就應該考慮「原因、對象、時間地點、內容、方式」這五個面向，俾使人際溝通更為有效及輕鬆。我們可以在每次溝通行為發生前（譬如正式開會前、寄出電子郵件前……），先嘗試回答下列問題：

㈠ 原因（目的）：

　1.我為什麼要進行這個溝通？

　2.我溝通的真正原因是什麼？

　3.我希望藉此溝通引起什麼結果？改變對方的態度或看法？

　4.我希望在溝通之後對方會做些什麼？

　5.我的目的是什麼？告知？說服？影響？教育？同情？娛樂？建議？解釋？刺激想法？

㈡ 對象：

　1.誰是我的聽眾（聽者或讀者）？

　2.他（們）的教育背景、年齡、地位？

　3.他（們）對訊息的內容可能會有什麼樣的反應？

　4.他（們）對訊息的主題瞭解多少？比我知道的多或少？

㈢ 時間地點：

　1.對方會在哪裡接收到我的訊息？是接近還是遠離相關問題的場所？

　2.我的訊息位在整個事件的哪個環節？

　3.我跟對方的關係如何？氣氛是和諧還是緊張？

㈣ 主題（內容）：

　1.我到底想說什麼？

　2.我需要說什麼？

　3.對方需要知道什麼？

　4.哪些資訊我可以省略？

　5.哪些資訊我一定要包含，以達到有效溝通的6C原則：清晰（Clear）、積極（Constructive）、簡潔（Concise）、正確

（Correct）、禮貌（Courteous）、完整（Complete）。[10]

　　若能先從這四個面向進行思考，便有機會擺脫「只從自己的角度看事情」之弊，在人際溝通時體察或接納其他人的可能思考。此外，我們也應該要知道在人際溝通的能力中，有五項使關係更加緊密的技巧：[11]

(一) 擴展溝通技巧的範圍：沒有哪種溝通方式適用於所有情況。因為溝通效果會隨著溝通方式而改變，所以我們需要各種溝通行為的模式。譬如在安慰人時，我們需要同情心；在支持一個沮喪的朋友時，我們需要表達關心、肯定，並鼓勵他說出問題。

(二) 適當地調整溝通行為：能夠溝通並不表示我們有能力解決事情，除非我們能因事制宜。雖然採取適當的溝通方式並沒有固定的公式，但是我們可以個人目標情況，以及溝通對象作為考量的依據。

(三) 採用雙方觀點：人際溝通能力的中心能力是雙方觀點（Dual Perspective），是對我們自己及對方的觀點、信仰、想法和感覺的瞭解。雖然我們會想要表達自己的觀點，但我們也必須瞭解及尊重其他人的觀點。

(四) 監看自己的溝通：監看（Monitoring）是指觀察並規範自己的溝通行為。其實人們常在溝通過程中監看自己行為，譬如在向朋友提出敏感話題之前，會提醒自己不要太過防禦，也不要導致雙方爭執。但人們畢竟不是隨時都在監看，一個不謹慎便很容易造成損害。

(五) 對人際溝通付出更多努力：如果沒有決心以誠懇的對話方式來對待他人，就算擁有其他技能，最終都是無效的。應該思考自己有哪一些需要改善的溝通能力，並與自己約定在這些方面多加努力。

　　最後必須提醒：世界上沒有不會溝通的人，只有「不會跟人溝通的人」。其實「溝通」就是在「通溝」，亦即打通堵塞、不暢的管道，讓死水重新變成活水。在溝通過程中，有時「聽」比「說」更重要，「怎麼說」又比「說什麼」還重要——畢竟別人能否接受我們的意見、是否有意

---

10 同註5，頁27-29。

11 同註7，頁46-51。

和我們合作，多半取決於我們如何表達意見。

四、從溝通策略到策略企劃

　　每當公司有新商品要上市，員工就得想：「如何說服消費者購買這個商品？」、「這個商品『新』在何處？」、「它怎麼和其他家同類型商品競爭？」……。員工為此還可能需要做市場調查、分析消費者心態，以求讓新商品能夠順利銷售。這些皆屬「溝通策略」，溝通對象則由一個人延伸擴張為廣大群眾。產業界的行銷企劃人員，其工作正是將這些概念、數據、分析成果統整為「策略企劃」，再據之落實為書面文宣、廣播行銷或電視廣告。

　　現代企業相當重視「企劃」單位及功能，對這方面的人才也有著殷切需求。若問企業為什麼需要「企劃」？「企劃」對企業的貢獻何在？主要可以歸納出下列七個原因：[12]

㈠ 企劃作為「高階決策判斷」的依據：高階主管每天最重要的工作，就是做決策判斷。實務上公司常見的決策，包括了投資決策、行銷決策、財務決策、管理決策、研發決策、策略決策等，皆有賴企劃人員及企劃單位事先提出完整報告。有好的企劃案，才會有好的高階決策判斷，然後才會有好的營運成果。

㈡ 企劃可作為「執行」的基礎與「考核」的根據：管理可以被視為是企劃（Plan）、執行（Do）、考核（Check）與再執行（Action），即「PDCA循環」。因此企劃案將是落實貫徹「推動執行」的重要基礎，以及執行告一段落後的「考核」依據。時至今日，企劃工作已成為企業管理首要功能，所以才會有此一說：「好的企劃案，不一定能成功；但沒有好的企劃案，則一定不會成功。」這也顯示了企劃案的重要性跟必要性。

㈢ 企劃是面對同業「競爭壓力」的應對利器：現代企業來自同業競爭的

12　戴國良，《企劃案撰寫：理論與案例》，臺北：鼎茂圖書出版股份有限公司，2013年2月，頁103-108。

壓力非常大，既無情、又激烈。在此情況下。企業必須發揮強大的企劃力，做好競合分析，提出有效的因應策略企劃報告。

㈣ 企劃因應面對日益複雜的經營環境變化：企業所面對的競爭來源，不只是「競爭對手」，還得面對變化多端的「經營環境」。後者包括了消費者、法令、科技、經貿甚至政治等環境，它們皆會大大影響企業的營運績效。唯有透過周全、完善、及時的企劃，才足以剖析及因應日益複雜的經營環境，並訂出對應的策略方案。

㈤ 企管工作愈來愈複雜：當企業規模不斷擴大、產品線及市場區隔愈益多元化與精細化，更需要透過團隊的企劃、執行與控制功夫，方能順利運作。

㈥ 企業不再是完全受市場宰制的無力羔羊：企劃力將使企業不再是完全受市場與環境任意宰割的無力羔羊，並能掌握主導權，創造有利時勢。

㈦ 決策時間幅度愈來愈長，既爭一時，更爭千秋：實務上，中期性（三至五年）及長期性（五年以上）的策略性計畫案日益重要。當決策時間幅度拉大之後，即必須有系統的、有邏輯的、有系列性與前瞻性的中長程企劃分析及企劃報告，才能為企業奠下進階成長之基礎。

　　瞭解企劃的可能貢獻之後，我們也該知道在企劃製作的過程中，有五大要素不可或缺：分析現狀、找出目標、瞭解目標、定位市場、研擬策略。企劃案的種類眾多，舉凡各自不同的產業、目標、條件、狀況，就會有不同的企劃案需求。但不管是哪一層次的企劃案，在撰寫時皆需掌握「6W、3H、1E」這十項精神：[13]

　　　　What：是何目標
　　　　How：如何達成
　　　　How much：多少預算
　　　　When：何時（時程計畫與安排）

13　同上註，頁135-141。

Who：何人（組織、人力、配置）

Where：何地（國內、國外、單一地、多元地點）

Why：為何（產業分析、市場分析、顧客分析、競爭者分析、自我分析、外部環境分析、科技分析）

How long：多長時間

Whom：對誰做（目標為何）

Evaluation：效益評估（有形與無形效益評估）

　　至於企劃書本身，雖然沒有一定的標準格式，卻有一些公認的基本要求：譬如封面需有企劃案的「主題名稱」、提報「單位或人員」、撰寫或提報「日期」。企劃書上要有目錄（甚至摘要），以突顯該企劃案的重要發現、對策和結論。企劃的內容本體則需書明工作人員組織表、執行辦法、排程、預算等資訊，若有必要還得加上「參考資料」作為來源說明。永遠要記住：企劃書的撰寫也是一種溝通，撰寫者應該擺脫「只從自己的角度看事情」，用對方聽得懂的語言溝通，並能夠接納其他人的可能思考，這樣的策略企劃才容易成功。

五、行銷企劃書

　　企劃書的寫作是一門溝通藝術，需要融合企劃者的主觀想法與提案對象的客觀需求。企劃書種類繁多，其中最常見者當屬活動企劃、產品企劃、行銷企劃、學術研究計畫、補助申請計畫等。在此囿於篇幅，僅能以「行銷企劃書」與「申請計畫書」兩者為例，試作說明。

一份好的行銷企劃書，其基本格式應有：

1.行銷企劃案名稱

2.目錄

3.執行概要

4.現況分析

5.SWOT分析

6.行銷策略

7.行銷活動執行方案

8.宣傳策略與實際方式

9.行銷計畫時程表

10.人力分配

11.經費預算

12.預期效益

13.效益評估及改善

14.附件（如果有則可列入）

　　其中「現況分析」涵蓋市場現況／產品情況／競爭情況／通路情況／消費者分析／環境分析等；而「SWOT分析」為市場行銷的分析方法之一，通過評價產品的優勢（Strengths）、劣勢（Weaknesses）、競爭市場上的機會（Opportunities）和威脅（Threats），用以思考及擘劃發展戰略。當然這些基本格式只是提供參照，最後還是以實務所需及提案對象規定為主。

　　不妨想像一下這個情境：現在你所服務的某飲料公司，下季想推出新品牌的茶飲料，這份企劃案該怎麼提？內容重點可以試擬如下：

㈠ 本地茶飲料市場分析：

　　1.國內茶飲料市場營收規模。

　　2.國內市場前五名茶飲料之廠商、品牌、銷售、市占率分析。

　　3.國內茶飲料受歡迎之茶種、口味及包裝方式分析。

　　4.國內茶飲料之定價及通路分析。

　　5.國內茶飲料目標消費族群分析。

　　6.國外（如中國大陸、日本）茶飲料市場發展經驗分析。

㈡ 新品牌茶飲料行銷規劃：

　　1.產品規劃：品牌名稱、容量大小、包裝設計。

　　2.定價規劃：定價、促銷價、小罐裝價、大罐裝價。

　　3.廣告宣傳：媒體採購、公關安排、宣傳預算。

　　4.促銷活動：促銷活動第一波、第二波、第三波……

5.通路安排：便利商店、量販店、其他零售通路。

6.業績目標：各個通路之月目標、季目標、年度目標。

㈢ 行銷專案之人力分工與事務執掌

㈣ 行銷專案之推動時程表

㈤ 本產品預期之營收、成本及損益分析

　　換個情境：現在你所服務的臺北東區某百貨公司要辦週年慶促銷，企劃案該怎麼寫？試擬如下：

㈠ 前一年度週年慶活動績效檢討：

1.前一年度週年慶活動內容。

2.前一年度週年慶活動投入成本、營收及效益。

3.前一年度週年慶活動之優缺點分析。

㈡ 今年度週年慶競爭對手之分析比較：

1.主要競爭對手A百貨的可能活動內容及優待。

2.次要競爭對手B百貨的可能活動內容及優待。

3.今日消費者對行銷活動的需求分析。

㈢ 本百貨今年度週年慶活動規劃：

1.活動時間。

2.全臺各連鎖分店配合活動。

3.促銷折扣及特殊優待訂定。

4.消費額滿之贈品品項、數量、成本。

5.抽獎活動規劃。

6.週年慶宣傳重點。

7.週年慶活動預算。

㈤ 週年慶活動之人力分工與事務執掌

㈥ 週年慶活動之推動時程表

㈦ 週年慶預估之來客數及總營收

　　茶也賣過了、週年慶也辦完了，你換到一家公關公司任職，正準備接手臺北郊區某休閒農場的行銷推廣委託。這案子得更多地與媒體結合，企劃內容試擬如下：

㈠ 媒體宣傳目標：打造農場知名度，推廣近郊旅遊，增加營收。

㈡ 行銷對象分析：列出行銷對象及主要訴求。

㈢ 媒體露出規格：

　　1.報紙：與A報配合，推出旅遊專題、人物專訪各一次，新聞性報導三次。

　　2.廣播：與B電臺合作，全國性廣播6,000秒露出。

　　3.雜誌：與C月刊合作，共計四頁露出。

　　4.網路：下關鍵字廣告，及D入口網站之廣告（版位、時間、呈現方式）。

㈣ 媒體宣傳內容：

　　1.籌組媒體參訪團兩天一夜遊，親自體驗本休閒農場。

　　2.關於旅遊專題、人物專訪及新聞性報導之企劃構想，事先提交A報並進行討論。

㈤ 行銷標的分析：列出預計行銷之本農場特色。

㈥ 效益評估：報紙、廣播、雜誌、網路四類媒體之露出經濟效益、露出達成率評估。

㈦ 專案執行預算。

㈧ 人力分工與事務執掌。

㈨ 專案推動時程表。

㈩ 附件：擬合作媒體介紹。

　　看到了嗎？行銷企劃書的寫作並不困難，還是記住那點：企劃書的撰寫就是一種溝通，請替對方（提案對象）想一想，並盡量用對方聽得懂的語言來溝通。

六、申請計畫書

　　前面介紹的「行銷企劃書」較多應用於產業界及其商業環境，「申請計畫書」則不然。文學家或藝術工作者，可以個人名義向國藝會、文化局等單位提交計畫書，以申請創作或發表補助。學術界人士在從事專題研究

案申請時，得向科技部提出合宜的研究計畫書以爭取經費；民間非營利組織或基金會在活動規劃時，亦多會遞交計畫書申請政府單位的資源挹注。申請計畫書通常會要求一定格式及檢附資料，端視委託或補助單位之規定。一份好的申請計畫書，其基本格式應有：

1. 計畫主題
2. 計畫背景及目標
3. 計畫內容
4. 計畫執行期程
5. 計畫執行方法
6. 計畫執行進度
7. 經費需求表
8. 經費來源分攤表
9. 人力編制
10. 其他（如：過往實績、顧問同意書）

　　撰寫計畫書以前，務必先弄清楚該計畫的「性質」及「投遞對象（委託單位）」。計畫案的性質可分為標案、補助案、研究計畫案、產學合作案等，性質不同，寫法各異。投遞對象或委託單位則更為多元，以文學類為例，可以申請的單位至少有：

㈠ 文化部：請參考「文化部獎補助資訊網」https://grants.moc.gov.tw/Web/index.jsp。

㈡ 國家文化藝術基金會：簡稱國藝會，請參考該會「補助廣場」http://www.ncafroc.org.tw/supportnews.asp。

㈢ 直轄市或各地方文化局：如臺北市政府文化局，請參考該局「藝文補助」https://www.culture.gov.taipei/frontsite/art_index.jsp。

　　記得先查詢相關資料，特別是投遞對象（委託單位）的前一年度狀況。譬如國藝會的補助結果報告便顯示：

　　　　本期常態補助收件數共704件，經董事會核定之件數為275件，補助比例為39.2%，補助總額為43,631,905元。為

鼓勵具潛力新秀與臺北以外地區的藝文工作者及團體，各類評審委員均審慎考量申請案之品質並給予機會，首次獲補助之件數達73件，臺北以外獲補助之件數達109件，獲補助率達到36.7%。

【文學類】：主題及寫作視角多元，優先鼓勵專職創作之新生代優秀計畫。本期申請件數110件，補助件數35件，創作及出版仍為主要補助項目（88%）。優先補助專職寫作且計畫優越之新生代創作計畫，如謝旺霖《走河》、黃芝雲《路在哪裡？》、楊文馨《結婚座》。重視邊緣文類開拓之優秀計畫，並鼓勵優質評論計畫，如張捷明「客語散文『赤腳拔上雲頂高』」、張俐璇「歷史的港灣：2009-2015臺灣長篇小說評論計畫」。鼓勵與臺灣文學相關之重要文獻之出版，如詹閔旭中譯香港大學黃麗明教授之英文專著「《搜尋的日光：楊牧的跨文化詩學》」。

臺北市政府文化局亦在公布藝文補助結果時說明：

公告104年度第1期藝文補助結果，本期共計受理申請件數為630件，通過初審排入複審會議為612件，獲補助件數為370件，平均獲補助比例為60%，補助總金額為新臺幣3,290萬元。本局藝文補助每年受理二期，補助對象分專業藝文、社區文化、弱勢團體及其他少數族群等三大類。綜觀本期收件情形，以音樂類（165件）為最多，其次依序是社區文化類（84件）、現代戲劇類（82件）、弱少類（70件）、美術類（65件）等；本期總收件數630件，整體而言維持穩定收件數量。

為鼓勵傳統藝術傳承，本局藝文補助在音樂、戲劇、美術等專業藝文類別外，獨立出傳統音樂、傳統戲曲、民俗技

藝、書法水墨等傳統藝術類別，申請件數略有成長；另為配合本市推廣性別主流化及性別平等教育政策，弱少類近年來皆有不少性別議題案件獲補助鼓勵支持，歡迎性別議題之創作、展覽、教育推廣等相關活動的市民朋友們踴躍遞件申請。

　　從國藝會或臺北市政府文化局的公開資料中，計畫書撰寫者應可藉此更加明瞭這兩個單位之補助趨勢、通過比例、鼓勵方向等重要訊息。以文學類為例，創作、出版、調查與研究、研習進修皆可列入補助範圍，只要符合條件、備妥資料，擬妥計畫書便可提出申請。申請計畫書的核心，在於目標說明、內容規劃、進度期程、經費結構四項。目標說明（計畫背景及目標）應置於整個計畫案的開頭，在此以擬向文化部申請「文學推廣閱讀」活動補助為例：

【計畫背景及目標】
十九世紀的小說家珍・奧斯汀曾說，文學作品是以精挑細選的語言（the best chosen language）來描述人性最完整的知識（the most thorough knowledge of human nature）。這說明了文學作品的可貴，在於它是「文字」與「知識」的完美結合。閱讀一部文學名著，等同於在享受文字與知識的一場豐盛宴席。好的文學創作，確實都有用詞精確、邏輯完整、充滿智慧與啟發等優點；但這也容易導致一般人誤以為，文學名著普遍意境太高、內容太深、難去消化……。會這樣的誤解，其實跟以下四點脫離不了關係：
㈠缺乏好的文學講師：文學作品的閱讀與欣賞有其訣竅，有時並非人人都可「無師自通」。況且部分文學名著誕生的時空背景，與今日世界相差甚遠，這時候更需要講師適當介紹及引導。好的文學講師，有能力喚起一般讀者及市民大眾對閱讀的喜好，進而建立起

與閱讀名著的習慣。

㈡文學閱讀的社會教育不足：現今的臺灣各大學校園內，其實不乏好的文學講師。中文系、外文系都有一些授課認真、講解清晰、口才學識俱佳的文學教授。但他們往往守在學院體系內，對社會教育使不上力。其實若能結合這群學院文學教育「名嘴」，再加上本來就在民間活躍、對引導文學閱讀深有心得的幾位作家，必能力挽現今文學閱讀在社會教育上的頹勢。

㈢沒有機會與時間，接受系統化的文學教育：一般臺灣民眾囿於時間與精力，平常上班日、上學日根本無緣接受系統化的文學教育。若能利用假日時間，固定每週上一次、每次兩小時、一共二十四次的半年文學閱讀教育，相信必可增進臺灣民眾對文學名著的理解及喜愛。

㈣文學名著譯本或讀本版本不佳：坊間的「文學名著」因作者多屬身故超過五十年的「公版書」，出版品質良莠不齊，某些譯本或讀本常有歪曲原著、原文的謬誤。民眾讀到這種類型的「經典」當然日久生厭，怎能期待他們願意繼續讀下去？由此可知，文學名著譯本或讀本確實需要慎選、嚴選，才能讓文學閱讀真正成為文字與知識的豐盛宴席。

如果讀者是因為前述四大理由（缺乏好的文學講師、文學閱讀的社會教育不足、沒有機會與時間接受系統化文學教育、文學名著譯本或讀本版本不佳）而「排斥」或「拒絕」閱讀文學名著，我們就有責任要扭轉局勢，讓每個人都有機會接受文學的美好。職是之故，本單位推出這項「中外文學名著閱讀與欣賞」計畫，盼能利用每週假日固定課程、一堂兩個小時、共六位文學講師、六個月共

二十四堂課的設計，讓達到本計畫的預設目標：

㈠引進優質文學講師，喚起大眾對文學閱讀的喜好。

㈡結合學院文學教育「名嘴」與民間活躍作家，從社會教育、終生學習的角度，鼓勵民眾進行文學閱讀。

㈢利用假日時間，讓民眾有系統地接受長達半年、深入淺出的文學閱讀教育。

㈣由文學講師嚴選最佳之文學名著譯本或讀本，並以「一堂課、一名著」的方式，引導參與民眾在最短時間內燃起對經典的興趣。

期盼本計畫正式實施之後，能夠啟發一般民眾對文學名著的認識與喜愛，讓「閱讀與欣賞文學名著」不再侷限於學校師生之間，而是改在社區、鄰里、巷弄、你我……間不斷流傳，在日常生活中自然發散。

　　計畫案中的「內容規劃」與「進度期程」需明確說明，以增強審查委員或委託單位的信心。但也要注意到不宜過度誇張，譬如以數千元演講費卻聲稱可以請到諾貝爾文學獎得主。計畫案撰寫不是吹牛或作文比賽。再以擬申請「文學推廣閱讀」活動補助為例，該計畫案執行期共達半年，分為兩部分：前三個月為「外國文學名著閱讀與欣賞」，後三個月為「中國文學名著閱讀與欣賞」，訂於每週日舉行，共二十四堂課，每堂兩小時：

㈠外國文學名著閱讀與欣賞

講師：廖咸浩、陳超明、陳銘磻

場次	課程主題	講師
1	廖咸浩帶你讀馬奎斯《百年孤寂》	廖咸浩
2	廖咸浩帶你讀卡繆《異鄉人》	廖咸浩
3	廖咸浩帶你讀米蘭昆德拉《生命中不能承受之輕》	廖咸浩

場次	課程主題	講師
4	廖咸浩帶你讀福樓拜《包法利夫人》	廖咸浩
5	陳超明帶你讀費茲傑羅《大亨小傳》	陳超明
6	陳超明帶你讀沙林傑《麥田捕手》	陳超明
7	陳超明帶你讀斯威夫特《格列佛遊記》	陳超明
8	陳超明帶你讀珍奧斯汀《傲慢與偏見》	陳超明
9	陳銘磻帶你讀川端康成《伊豆的舞孃》	陳銘磻
10	陳銘磻帶你讀夏目漱石《少爺》	陳銘磻
11	陳銘磻帶你讀芥川龍之介《地獄變》	陳銘磻
12	外國文學名著導讀：綜合座談	與談人：廖咸浩、陳超明、陳銘磻

㈡中國文學名著閱讀與欣賞

講師：歐麗娟、朱嘉雯、王溢嘉

場次	課程主題	講師
1	歐麗娟帶你讀李白詩	歐麗娟
2	歐麗娟帶你讀杜甫詩	歐麗娟
3	歐麗娟帶你讀王維詩	歐麗娟
4	歐麗娟帶你讀李商隱詩	歐麗娟
5	朱嘉雯帶你讀《紅樓夢》	朱嘉雯
6	朱嘉雯帶你讀《鏡花緣》	朱嘉雯
7	朱嘉雯帶你讀《老殘遊記》	朱嘉雯
8	朱嘉雯帶你讀《京華煙雲》	朱嘉雯
9	王溢嘉帶你讀《聊齋志異》	王溢嘉
10	王溢嘉帶你讀《莊子》	王溢嘉
11	王溢嘉帶你讀《論語》	王溢嘉
12	中國文學名著導讀：綜合座談	與談人：歐麗娟、朱嘉雯、王溢嘉

　　至於申請計畫書的另一核心「經費結構」，它通常被寫成「預算表」

或「經費需求表」，下含經費項目、單價、數量、總價、計算方式及說明等項目。

經費需求表：

預算表				
經費項目	單價	數量	總價	計算方式及說明
一、人事費			小計	
計畫主持人		6月		計畫執行期共6個月
兼任助理		6月		計畫執行期共6個月
課程講師費		22人次		共22堂課
座談會與談人費用		6人次		共2場座談會
顧問費		3人		召開顧問會議
臨時工資		48時		協助課程進行相關事宜
二、業務費			小計	
課程講義編印費		22次		22堂課，每堂各別編印講義
宣傳設計費		2次		DM、文宣等設計費
宣傳印刷費		2次		DM、文宣等印刷費
廣告宣傳費		2批		媒體付費廣告
攝影費		24次		演講攝影
稿費		24次		演講側記
交通費		1批		補助講師交通費
場地費		24次		課程場地使用費
三、行政管理與雜項支出			小計	
行政管理費		1批		
雜支		1批		
總計			新台幣　　元	

　　有些計畫案會要求提案單位填寫「經費來源」，這其實與計畫的性質有關。譬如政府部門的活動經費「補助案」，多採補助金不超過49%的比例，其他財源則由申請單位自籌；若屬政府部門「標案」則不受此限制，當然申請或提案單位得對經費妥善運用，盈虧自負。

　　申請計畫書的撰寫，猶如提案單位在向委託單位（科技部、國藝會、文化局、民間基金會……）溝通，同樣需要重視及增進溝通技巧。時至今日，深諳溝通與企劃技巧的人才，職場競爭力及可選擇職缺都比一般人來得多。大學生在學期間若能就溝通與企劃能力自我精進，加上有良好的工作態度，對未來職涯發展必定有所幫助。

七、延伸閱讀

1. Deborah Dumaine著，王偉民譯，《用筆溝通》（*Write to the Top: Writing for Corporate Success*），臺北：天下文化出版股份有限公司，1990年8月。

2. Julia T. Wood著，游梓翔、劉文英、廖婉如合譯，《人際關係與溝通技巧》（*Interpersonal Communication: Everyday Encounters*），臺北：新加坡商湯姆生亞洲私人有限公司臺灣分公司，2006年8月。

3. Michael Tomasello著，蔡雅菁譯，《人類溝通的起源》（*Origins of Human Communication*），臺北：文鶴出版有限公司，2010年3月。

4. Nicky Stanton著、羅慕謙譯，《溝通聖經：聽說讀寫全方位溝通技巧》（*Mastering Communication*），臺北：寂天文化事業股份有限公司，2011年1月。

5. 李茂政編著，《人際溝通新論：原理與技巧》，臺北：風雲論壇有限公司，2007年6月。

6. 梁憲初，《企劃孫子》，臺北：遠流出版事業股份有限公司，2000年5月。

7. 劉麗容，《如何克服溝通障礙》，臺北：遠流出版事業股份有限公司，1991年4月。

8. 鄭佩芬編著，《人際關係與溝通技巧》，臺北：揚智文化事業股份有限公司，2000年10月。

9. 戴國良，《全方位企劃案撰寫全書》，臺北：商周出版，2010年1月。

10. 戴國良，《企劃案撰寫：理論與案例》，臺北：鼎茂圖書出版股份有限公司，2013年2月。

八、練習單元

1. 語言溝通：

　　回顧自己的經驗中，是否曾經因為偏見的語言而有過不舒服的情緒？在那樣的經驗中，最讓你有負向情緒的語言或對話是什麼？如果今天要順暢溝通，你認為應該如何修正那個字眼、語言或對話？

2. 非語言溝通：

　　請觀察別人在說明、批評、道歉時的非語言行為。思考一下他們的非語言行為，對溝通是有利、有幫助的？還是不利、毫無幫助的？為什麼？

3. 行銷企劃書：

　　有一個新品牌的啤酒預計於明年夏天上市，請以企劃人員的角度，嘗試撰寫一份行銷企劃書。

4. 申請計畫書：

　　你剛完成一部小說創作，擬向國藝會申請文學出版補助，請嘗試撰寫一份有說服力的申請計畫書。

Note

Note

國家圖書館出版品預行編目資料

中國語文能力表達：多媒表達／普義南主編.
-- 初版. -- 臺北市：五南，2017.02
　　面；　公分
　　ISBN 978-957-11-8892-8（平裝）

1.國文科　2.讀本

836　　　　　　　　　105019081

1X9F　應用文系列

中國語文能力表達—多媒表達

主　　　編 ―	普義南			
作　　　者 ―	普義南	鄭柏彥	許維萍　羅雅純　馬銘浩	
	周文鵬	陳大道	殷善培　黃文倩　楊宗翰	

發 行 人 ― 楊榮川

總 經 理 ― 楊士清

總 編 輯 ― 楊秀麗

副總編輯 ― 黃惠娟

責任編輯 ― 蔡佳伶、高雅婷

校　　對 ― 胡天如

封面設計 ― 黃聖文

出 版 者 ― 五南圖書出版股份有限公司

地　　址：106台北市大安區和平東路二段339號4樓

電　　話：(02)2705-5066　傳　　真：(02)2706-6100

網　　址：http://www.wunan.com.tw

電子郵件：wunan@wunan.com.tw

劃撥帳號：01068953

戶　　名：五南圖書出版股份有限公司

法律顧問　林勝安律師事務所　林勝安律師

出版日期　2017年 2 月初版一刷
　　　　　2020年 3 月初版六刷

定　　價　新臺幣280元

經典永恆・名著常在

五十週年的獻禮——經典名著文庫

五南，五十年了，半個世紀，人生旅程的一大半，走過來了。

思索著，邁向百年的未來歷程，能為知識界、文化學術界作些什麼？

在速食文化的生態下，有什麼值得讓人雋永品味的？

歷代經典・當今名著，經過時間的洗禮，千錘百鍊，流傳至今，光芒耀人；

不僅使我們能領悟前人的智慧，同時也增深加廣我們思考的深度與視野。

我們決心投入巨資，有計畫的系統梳選，成立「經典名著文庫」，

希望收入古今中外思想性的、充滿睿智與獨見的經典、名著。

這是一項理想性的、永續性的巨大出版工程。

不在意讀者的眾寡，只考慮它的學術價值，力求完整展現先哲思想的軌跡；

為知識界開啟一片智慧之窗，營造一座百花綻放的世界文明公園，

任君遨遊、取菁吸蜜、嘉惠學子！